大正石華恋蕾物語

贄の乙女は愛を知る

響 蒼華 Aoka Hibiki

アルファポリス文庫

https://www.alphapolis.co.jp/

序章　花は願う

風が幾度か渡り、巡り、過ぎ行く中。小夜嵐に、盛りを迎える宵庭の花々が花弁を震わせ、緑なす木々が身をしならせる。

凍り付きそうな白月の下に、二つの人影がある。

危うく冴え凍る刀の煌めきを思わせる美貌の男と、繊細な陶磁器の人形に通じる儚さを持つ美しい少女。

男は灰色の髪が風に靡くのを気にも留めず、少女をその灰の瞳で捉えている。

少女は風に艶やかな黒色の髪を遊ばせ、茫洋とした新月の闇の如き瞳には何も映していない。

影すら地に刻むような月明りに照らし出され、二つの影は相対する。一つの言の葉も唇に乗せる事なく、差し向かう二人の間を幾度かまた風が渡る。

宵庭を彩る零れんばかりの花々が香しい薫りを風にのせて送る中、一つだけ異質なものが存在した。

人の身体を巡る、命に繋がり脈打ち流れるもの。

――鉄錆(さ)びた、紅い、赤い、血の臭い。

命の輝きが失せた身体はもはや存在しないというのに、流れた名残(なごり)として死に繋がる匂いならざる臭いが残る。それは、沈黙したままの二人に澱の如く纏(まと)わりついていた。

やがて、時の移ろいを示すかのように紅は黒へ至る。

両手から失われたものを、ただただ噛みしめる少女は言葉を紡ぐ事はない。男の表情は露ほども動かないように見える。彼は灰の双眸に少女の姿を映すだけで、少女に歩み寄らない。いや、出来ない。それは男の逡巡(しゅんじゅん)を示していた。

再び、風が渡る。

花が咲き誇る宵庭(しょうてい)に、白々とした月の光が差し込む。眉月が、血の気が失せ青白くすらある少女の白磁の肌を照らす。その頬には涙が流れたと思(おぼ)しき幾筋かの跡があるけれど、今は伝う雫はなく乾いていた。

少女はただ黙って、鋭利な煌(きら)めきを放つ『それ』――不可思議な輝きを宿す刃を持つ、鍔(つば)のない刀を胸に抱いている。

少女の夜色の瞳は虚ろで、刀の放つ光を茫然と映していた。

やがて、男がゆるりと唇を開き、感情を読み取れないほど低い声音で、少女に問いかける。

「お前は、此れから如何したい？」

少女の望む先の話を。

問われて少女は闇色の双眸を向ける。その瞳に揺蕩う光はあまりに脆い。少女は暫くして微笑した。

今にも消え失せてしまいそうな儚い笑みを浮かべながら、けれど確かな願いを静かに告げる。

「私を。……私を死なせてください」

第一章　不幸の菫子さま

時は大正。処は日の本。

暁(あかつき)の空を割き、東の山際(やまぎわ)より昇る朝日が、徐々に館の全容を照らしていく。華やぐ帝都の一角に存在する西洋風の屋敷は、珂祥(かしょう)伯爵邸と呼ばれていた。随所に意匠(いしょう)が施された館に、美しい花々が妍(けん)を競う趣向を凝らした庭園が更なる華を添える。広大な敷地内には、母屋以外にも幾つかの建物が点在しており、全てが調和した美しい佇まいを人々は憧れを以て語る。

庭園の草花の葉に宿る一粒の朝露が、葉を伝って地面へゆるり吸い込まれていく頃、屋敷に住む人々が、一人、また一人と目覚めていく。

そして、敷地の一角の離れでもまた……

白の敷布の寝台に、はらりと散らばる黒髪の対比が鮮やかで、横たわる少女の姿は一幅の絵画にも見える。黒曜石のような艶やかな黒髪と繊細な白磁の肌を持つ、日本人形にも似たうつくしい少女は、新月の闇色の瞳を薄く覗かせながら眠たげに瞼(まぶた)を擦る。

(夢を、見ていたの？)

ふわりと、意識が現へ戻ってきた。けれども感覚は朧気で醒め切らぬ心地だ。それを示すように、眼差しは未だに夢に心を預けているようではっきりと定まらない。

(何か夢を見ていた、それだけは確か)

どんな夢だったのかは、記憶に紗がかかったように曖昧でもう思い出せない。それは何時かあった事だったのかもしれない。或いは、何時かある事なのかもしれない。

不思議と心が惹きつけられ、少女はぼんやりと宙を見据える。

「菫子様、おはようございます」

静かに身を起こそうとしていると、聞き慣れた朗らかな声が聞こえた。

そこには天真爛漫な笑顔を浮かべる女中の姿がある。茜の着物にエプロンを着けた彼女は、何時ものように慣れた手つきで緞帳を開き、明るい朝の光を室内に招き入れた。菫子はこくりと頷いて少しだけ頬を緩めて見せる。

「おはよう、沙夜」

見慣れた光景と耳慣れた声が、夢から現へ引き戻す。

(ああ、ぼうっとしている場合ではないわ……)

漸く寝台を離れた菫子は、沙夜の手を借りながら身支度を整える。桜色の花丸文の銘仙の小袖と海老茶の女袴に着替えた後、沙夜は手際よく菫子の髪を結い上げる。藍色のリボンを結び、出来ましたと満足そうに笑う沙夜の様子に、菫子もつられて微笑んだ。

静かな足取りで離れの居間へ向かう。

室内には、目に美しい調度品や飾りの品が並ぶ。しかし、父母から贈られた物は体裁を保つための極僅かであり、その場にある品の殆どは心を尽くしてくれる人からの物である。彼の人に思いを馳せると、知らず知らずのうちに胸に宿る温かさで顔が綻ぶ。

けれど、すぐにある事を思い出して平素の表情へ戻り、部屋の中央の卓子（たくし）へ足を向けた。

沙夜が何時ものように流れる仕草で、朝餉（あさげ）を卓子（たくし）に並べる。菫子は、沙夜の眉が寄せられているのを見逃さなかった。

母屋から運ばれた食事は、冷え切っているのだろう。

朝から夜まで忙しなく働く鬱憤を、台所の下女中達が自分に向けている事を菫子は知っている。雇い主公認で行われる彼女達の嫌がらせに、沙夜が憤っている事も。菫子付というだけで微妙な立場にあるというのに、彼女が自身の心証を損なう事を気にもせず、台所に怒鳴りこみに行った事も知っている。

自分のために憤ってくれる沙夜の気持ちは嬉しく思うけれど、心の裡（うち）にあるのは致し方ない事だという感情だけ。唇から溜息が零れ落ちた。

少なくとも自分は、この立派な屋敷において、そういう存在……である。

燦々と窓から差し込む光が居間を照らし、菫子は思索に耽る事を止めて朝餉に注意を戻す。

今頃母屋では、両親と母の異なる弟妹達が温かい膳を囲んでいるだろう。

菫子は、沙夜一人を傍において朝餉を一口食べる。

そして思うのだ、つめたい、と。


菫子が背中に突き刺さるような何かを感じて振り返ったのは、正門前に待っていた車に乗り込もうとした時だった。それは戦慄すら覚えるものであったが、その主を悟ると腑に落ちる。

辿った先には、母屋の窓からこちらを見下ろす女性の姿があった。齢を重ねても尚、若き日のままの華やかなうつくしさを誇ると名高い女性。気品あふれる物腰で社交界の花と謳われる、菫子とは正反対の雰囲気を持つ人である。

（やっぱり、お母様……）

嫌いではない、けれど好きかと問われれば是と直ちに答える事は難しい相手。菫子の母である珂祥伯爵夫人がそこにいて、静かに娘を見つめていた。いや、射貫くと呼ぶべきだろう。眼差しは、娘に向けるものではなかった。

菫子の闇色の瞳と、母の底知れぬ黒の瞳。似ているようで非なる色の眼差しが刹那(せつな)の間交わる。

そして、忌む者を見るような視線を置き去りに、窓辺から母の姿は消えた。

（……。……何時も通り、だわ）

知っている。全く以て何時も通りの事である。慣れている、そう慣れていると思っている。だって——

小さく首を左右に振る。案じて駆け寄ってきた沙夜になんでもないと告げてから、車に乗り込み出発するようにと短く告げた。学び舎への距離を思えば必要ないと思うけれど、名家の娘が一人歩きなぞと言われて使っている。車に揺られて学校へ行く、今はその僅かな時間が有難いと思う。

伏せられた闇色の瞳は何も語らない。そう、何かを閉ざすように。

左程経たずに学び舎に降り立つと、陽射しを浴びて翠(みどり)に輝く木立の路が菫子を迎える。晴れた空の蒼と柔らかな光を感じ、ひとつ息を吸ってから歩みだすと、やがて厳格な雰囲気を纏(まと)う白亜の建物が現れた。

ふわりと藍色のリボンを風に遊ばせて、ごきげんようと味気ないけれど万能な挨拶を通りすがる令嬢達にかけながら、教室へ向かう。

何時もと同じ、変わりない挨拶。そして、もう一つ変わらぬものがある。

それは、彼女達が菫子へ向ける視線である。人目を引く容貌である事が、要因の一つではあるらしい。

しかし、それだけではない事は、向けられた眼差しに交じる確かな怯えの色が教えてくれる。敬遠されているのは、決して気のせいではないと思うからこそ、菫子は他者と距離を置く。何時も通り、気にしないようにと思っても、哀しい事に菫子は酷く敏感だ。いっそ気にしない性格ならば、楽だっただろう。

そして、両の耳が拾う話題を選べたなら、尚楽であったろうとも。

「……それでも、刀祇宮(とうぎのみや)様は、いたく菫子様をお気に召されているとか」

他の誰でもない菫子の名が含まれた、鳥が囀(さえず)るような秘密めいた囁きが聞こえた。向けた視線の先では、数名の令嬢が噂話に花を咲かせている。彼女達は愉(たの)しそうで、ただの歓談であったならば足を止める事も無かっただろう。しかし……

「帝に、婚約のお許しを願い出ていらっしゃるそうよ」

「まあ、あの貴公子が、今までのようなご不幸に襲われなければいいですけれど」

「今のところは大丈夫なようですけれど、これからはどうかしら」

高貴な令嬢が噂話などはしたないと、菫子の眉に皺が寄った。唇を噛みしめて耳をすませると、興が乗ったらしいお喋りは更に続く。その声音に羨望の色が滲んでいるのに気づいた。

けれど、そんなものは受け取る気になどなれない。悪意に満ちた噂話には、誰かの犠牲が付きもの。今犠牲となっているのは菫子である。これもまた、慣れてしまうほど何時もの事なのだ。

「話が出てすぐ宮様のお母上がお隠れになりましたわよね」

「今はご本人も無事でいらっしゃるようですけれど……」

「でも、わかりませんわよ。だって……」

彼女達には人の生き死にすら楽しい話題の一つかと、半ば呆れながら眺めていた。けれど残酷な光を瞳に宿しながら、令嬢達がとっておきの秘密でも話すかのようにそれを口にしようとしている事に菫子は気づいた。

(ききたくない)

噛みしめる唇に更に力がこもる。しかし、そんな願いなど知らず少女達は唱和する。

「だって、〝不幸の菫子さま〟ですもの」

――わたしを、そんな名前で呼ばないで。

幼い自分の声が胸を過る。どれだけ願ってもその願いが叶う事はない。

菫子は名門伯爵家の長女であり、幼い頃からうつくしいと評判を得ていた。そのため、年頃となるより少し早く、些か気の早いと言える時分から縁談の打診は来ていた。当初、父は喜色満面、さてどうしたものかと上機嫌で相手の吟味などしていたものである。菫子も父の様子を見ながら、どなたに嫁ぐ事になるのかと高鳴る胸を押さえていた。

けれど、思わぬ事が起こり始め、事態は急変する。

菫子に縁づこうとする男性達が悉く不幸に見舞われるようになってしまったのだ。

一人は馬から落ちて身体を損ない、床から起き上がれぬ身となった。一人は、手をかけていた商いに失敗し全財産を失い、失意のままに自ら命を絶ったという。それは、一人、また一人と続く。中には、そんなもの畏れぬと蛮勇を奮った者もいたけれど、末路が変わる事はなかった。

一人だけなら不幸な偶然、けれどそれが続けば必然となる。

そして何時からか、ひっきりなしに舞い込んでいた縁談は、ぱたりと止んだ。

（……。それだけじゃない）

菫子は眉を寄せながら、一つ吐息を零す。

幼き頃からどのような災いに遭遇しても、奇妙な事に菫子だけは無傷なのである。

人を傷つけるほどの旋風が吹き荒れる中、周りの皆が怪我するような事態にあっても菫子は傷一つ負わない。水辺で過ごしていた者達が、突如として襲った大波に飲まれても、一人だけ無事に立っている。遊んでいた最中に倒木があり、友人達は下敷きとなり大怪我を負った事があったのだが、菫子だけは何故か無傷で安全な場所へ飛ばされていた。

　これもまた、一つだけなら偶然であっても、続けば必然である。増していく畏怖の眼差しと共に、菫子は少しずつ一人になっていったのだ。

　そして二年前の珂祥邸での大きな火事が決定打となる。それは母屋の半分を焼き、死者すら出したほどのものだった。

　しかし、巻き込まれた菫子は瓦礫（がれき）の下から助けだされた時、かすり傷一つ負っていなかったのである。沙夜は興奮しながら、仏様のご加護であろうと語ったものだが、好意的に捉えてくれたのは彼女一人だけ。

　家族は腫物（はれもの）に触るかのように扱い、使用人達は菫子を恐れた。そして、その事件以後、離れに隔離されて暮らすようになったのである。

　その後、何時しか呼ばれるようになったのだ、『不幸の菫子さま』と。不幸に愛された、災いを呼ぶ令嬢だと。

　積もり重なり、やがて菫子は諦める事に慣れていったのだった。

　裡（うち）に思った事を打ち消すかのように、菫子は首を左右に振る。そして、尚も愉（たの）しげに噂話に興じる令嬢達を一瞥し、殊更に深く息をついてみせた。

『不幸の菫子さま』が吐いた溜息は、令嬢達の耳に確かに届いたようである。令嬢達は動揺し、ばつの悪そうな表情をして三々五々散っていく。

（聞かれて逃げるくらいなら、言わなければいいのに）

菫子は無言のまま、再び溜息をつく。

遠巻きにされる事で、菫子は一つだけ有難いと思うものがある。それは、誰かを犠牲にして成り立つ、あの煩わしい会話に交ざらなくても許される事だ。自分を高潔な人間とは思っていないけれど、あの中に交ざって平気な人間でありたいとは思わない。

令嬢達にとって、ここは学び舎であると同時に、良き殿方に見初められるまでの場である以上、ある程度は致し方ない事なのかもしれないが、それでも限度がある。

無論、向学心を胸に学ぶ者も中にはいるけれど、ご縁を得て去るのを望む者が多いのも現実だ。彼女達にとって、他人の恋路やご縁に関する噂は気になってしかたない話題であるらしい。

学び舎に集う多くの令嬢が夢みる未来は、菫子にとって遠く感じるものであった。自分が良縁を望むなど烏滸がましいと思っている。

――自身を取り巻く噂を思えば、貰い手など見つかるはずが無いのだから。

（それなのに）

菫子にご縁を申し込んでくださる方がいたのだ。それも、畏れ多いほど高貴で人柄も優れた貴公子である。その話が初めて令嬢達に知れた際に起きた、怨嗟とも思える声は未だ記憶に新しい。

（わたしには、身に余る光栄だわ……）

その申し出は既に親族会議で定まり、今は帝のお許しを待つ最中である。親族会議では驚愕の声こそあったものの、反対の声は上がらなかったらしい。つまり申し込まれた縁談は、ほぼ定まりかけている。

それなのに、と菫子は思う。

（どこか他人事のよう……）

ご縁を望んで下さった方は、不満を感じる余地などない方である。彼の人が自分を見て浮かべる微笑や優しい言葉を思うと、心が温かくなるし、好ましいと思っている。

けれど、ある事実が心に冷たい水を差す。幸せな未来を拒絶させる。

『まあ、あの貴公子が、今までのようなご不幸に襲われなければいいですけれど』

今までのような。その言葉は菫子の裡で静かに響き胸に痛みと苦い感情を走らせる。

（望んではいけない）

自らを戒めるように、菫子は心の中で呟く。

（あの方に憧れるならば、大切に想うならば、ご縁など望んではならない）

見えぬ不幸が次に鎌首もたげる相手が彼の人だったらと、想像するだけで身体が震える。考えたくない、だから手を伸ばしてはいけない。

（わたしが不幸である事はもう良い。そんなものは、もう）

諦めはとうの昔についている。今更抗うつもりはない。願う事は唯一つ……

（もう嫌なの。わたしの所為で不幸になる人を見るのは……）

硝子窓から差し込む木漏れ日は暖かいけれど、菫子の心は凍えている。

光をぼんやり見つめつつ、菫子は胸元にそっと手を当てた。着物の合わせの下には、あるものが入った守り袋がある。

（……あやかしよ、早く来て）

魂に深く刻まれた何かが、人ならざるものの到来を予感する。他の人は顔をしかめる話でも、自身には僥倖である。

これ以上誰かを不幸にする前にと、心の裡に響く願いは酷く苦いものだった。

何時もと変わらぬ授業が終わると、何時もと同じ放課後が訪れる。

菫子は家路につくべく校門へ足を向けながら、ふと今日は寄り道してみようかと思いつく。キャンディストアで以前沙夜が喜んだ飴菓子を買うのもよし、或いは雑貨屋で揃いのリボンを新調して渡すのもよし。次々浮かぶ楽しい思いつきに、菫子の白磁の頬は自然と緩む。

けれども、校門前に着いた菫子は驚いた。迎えの車の横に、想定していなかった人影があったからである。

「菫子様！」

「沙夜……？」

屋敷で菫子の帰りを待っているはずの沙夜の姿がそこにある。喜ぶ顔を想像して楽しみにしていたから幻を見ているのかしら、などと思って闇色の瞳を瞬いたが、どう見ても本物の沙夜である。

（ちょうどいいから沙夜も連れていこうかしら。……いえ、それどころじゃないわね、きっと）

沙夜の登場を渡りに船と思うけれど、すぐに思い直す。

屋敷で帰りを待っているはずの沙夜が、屋敷を離れて迎えに来たという事は、何かがあったのだろう。沙夜の慌てた様子からもそれが察せられる。昨今の菫子を取り巻く事情を鑑みれば、もしかしてと思う事はあるのだが……

「菫子様、で、殿下が、殿下がお越しになるとの事で……！　旦那様が菫子様を急ぎ帰宅させるようにと……！」

少しばかり息を切らして沙夜は応える。

（ああ、やっぱり）

周囲の令嬢達が「殿下」の言葉にざわめいた事には気づいたけれど、知らぬ振りをしながら、予想が当たった事に内心ひとつ息をつく。

寄り道をしている場合ではなくなった。間違っても、相手を待たせるような真似は出来ないのだから、今は父の言いつけ通りに急いで帰宅しないといけない。

それに、ただ出迎えれば良いわけではなく、身形(みなり)を整える必要がある。菫子は速やかに沙夜と共に車に乗り込み出発する。

慌ただしく帰途につきながら、今日は特別な用事でもあるのだろうかと、思案する。予定にはなかった急な訪問であるが、彼の人は思いつきで行動するような方ではない。

菫子は車窓に目を遣りながら、訪問の理由に思いを巡らせる。そうして。

（まさか……）

一つの可能性を思いつく。それは周囲にとっては吉報、けれど菫子にとっては間違いなく凶報。菫子はそうでなければいいと願いながら、無意識のうちに袴を握りしめていた。

暫くして屋敷に帰った菫子は、沙夜の見事な手腕により客人を迎えるのに相応しい装いとなっていた。この短い時間で着付けに髪結いにと、一分の隙もなく整えた沙夜の孤軍奮闘ぶりを素直に称賛する。

菫子をよりうつくしく見せるのは、藍色の地に籠の中に百花繚乱、艶やかな花車文の振袖である。これは、これから訪れる彼の人が菫子に似合うだろうと、先だって見染めて贈ってくれたもの。

本来であれば嫁入り前の娘の第一礼装である振袖など、纏う事が出来る刻が短い事を考えれば贈らない。ましてや、己に嫁ぐ事がほぼ定まった相手になど言うまでもない。

(でも、あの方は……似合うから贈りたいと笑顔で、言ってくださった)

贈られた瞬間の事を思い出すと、頬が熱を帯びたように感じる。まったく彼の人には敵わない。

気分を逸らすために鏡に自分を映す。細工の施された舶来物の鏡には、髪も装束も見事に仕上げられた自分の姿がある。その仕上がりに、離れで力を使い果たしてへたりこみ、それでも笑顔で送り出してくれた沙夜を思う。後で沢山労ってあげようと決めて鏡から視線を外す。

現在の菫子は、普段滅多な事では足を踏み入れぬ母屋の玄関ホールにいる。天井から吊り下げられた舶来の灯りが煌めく場所には、菫子以外に二人の人影がある。

一人は、そわそわと落ち着きなく玄関の扉の外を窺う菫子の父・珂祥伯爵。そして、それを憂い顔で窘める菫子の母・珂祥伯爵夫人。

父は菫子が同じ空間にいるのに気に留めた様子はなく、よほど浮足立っていると察せられた。普段であれば、顔を顰めて離れに戻れと促すのが常であり、菫子も、沙夜と過ごしていたいので逆らう事なく従う。

しかし、これから訪れる客人の目当てが菫子である以上、本心はどうあれ追い払う事など出来ないだろう。

その時、ふと、菫子は動きを止める。何かが近づいてくる音が、確かに聞こえたからだ。車の走る音が徐々に近づいてきて、玄関扉の外で停まる。それを聞きつけたのは父達も同様であったらしい。父は弾かれたように外へ飛び出し、それに母も倣う。

（ああ、いらした）

鼓動が跳ねたのを押し隠し、菫子も息を整えて、努めて落ち着いた表情をして彼らに続く。

表に出ると、空は徐々に茜色から変わり、父と母は頭を垂れて年若い士官学校の制服を纏う少年を出迎えている。少年と呼ぶには些か大人びていて、青年と呼ぶには些かあどけなさの残るその人は、穏やかな様子で父母の礼を受けていた。

菫子の姿を認めると、その顔には輝くばかりの笑顔が浮かぶ。

「やあ、菫子。ごめんね、帰宅を急がせてしまって」

「いえ、ようこそいらっしゃいました……唯貴様」

柔らかく真っすぐで艶やかな烏（からす）の濡れ羽色の髪に、穏やかな笑みを湛（たた）える瞳は夜の色。すらりと高い上背に伸びやかな手足を持つ、菫子と同じ年なのに大人びて見える彼を、夢見る乙女達ならば御伽噺（おとぎばなし）の王子と思うだろう。

年頃の乙女達が魅了されてやまない白皙（はくせき）の美貌に、貴公子然とした佇まいの主は、刀祇宮唯貴殿下。傍流の宮家の若き主（あるじ）であり、菫子の求婚者である。

「ああ、先日の。着てくれたんだね。良く似合う、何時も綺麗だけど、今日は天女が舞い降りてきたかと思ったよ」

唯貴は菫子が纏（まと）う着物に気づくと笑みが深くなる。菫子は頬を紅潮させながら思う。

（ただのお世辞だと思えたら良かったのに……）

歯の浮くような言葉であっても唯貴の口から出れば、悪意も裏もない真摯な賛美。それをこの人は照れる事も臆する事もなく紡ぐのだ。

菫子の頬の赤みは心の裡（うち）にて翻弄（ほんろう）されている証であり、穏やかな笑顔でいようと努めても、恥ずかしさやら困惑やらが表情に出そうになる。落ち着いた顔を取り繕うのに必死な自分と同い年とは思えない。

対する唯貴は、無邪気なまでに朗らかに微笑んで、菫子に真っすぐな眼差しを向けている。

そんな二人の様子を満面の笑みを浮かべながら見ていた伯爵は応接間へ客人を招

いた。

　優美な灯りに照らされる室内で、精緻な彫刻に彩られた暖炉に炎が踊る。壁紙も調度も、どれ一つとってても熟練の職人が手がけたものであり、重厚な雰囲気を醸し出す。

　上座に腰を下ろした唯貴は、温かな光を夜色の双眸に湛えて菫子を映しながら、一呼吸おいて話を切り出した。

「主上より内々のお許しを頂きました。正式な婚儀は、僕が士官学校を卒業してから願い出になるので少し待たせてしまいますが……」

「あ、有難うございい、ま……ごふっ、がはっ……！」

「まあ、貴方……！　落ち着いて……！」

　どうしても自分で伝えたくて急な訪問をしてしまった、と唯貴は恐縮したように続ける。嫁に行く本人より先に、感極まって泣き出さんばかりの父が礼を述べようとして激しく咳込み、母は焦った様子で背をさする。

（珍しい事も、あったものだわ……）

　菫子はそんな父の様子に目を丸くする。何時もは伯爵家の面子だの、爵位を持つ者としての威厳だのと偉そうに澄ましている人が随分取り乱したものだ。余程嬉しいのだろうか、と思っていたので行動が遅れた。慌てて両親に倣って頭を下げる。

「ありがとう、ございます……」

菫子は困惑を表に出さないように必死である。心は戸惑い、混乱すらしている。

（わたしは、長くないからと思っていたのに……）

無意識の内にその手は、守り袋のある胸元に添えられる。

そう遠くないうちに、この守り袋の縁によって、儚く消える命だという確信めいた予感があった。だから確かに話は進んでいたけれど、菫子には現実味がなかった。将来の事を考える事は、何時しか止めていた。

（それなのに……本当に、この方と……？）

この貴公子と夫婦になる、そんな将来の姿は夢のようにふわふわとして、他人事に思えてしまう。しかし、目の前にあるのは具体的な自分の未来の話である。

普通の娘ならば飛び上がらんばかりに喜んでおかしくない話に、菫子は何時もと変わらぬ感情の薄い様子だと伯爵の目には映ったようだ。若干苛立った様子だったものの、菫子が改めて礼を述べれば、伯爵はすぐに上機嫌で言葉を紡ぐ。

「お上のお許しを頂いたとあれば、早速お披露目を……。殿下、宜しいでしょうか？」

唯貴が頷くと、伯爵の笑みは更に深くなり喜色満面といった様子で具体的な話に入った。

（こんなご機嫌なお父様、やっぱり初めてだわ……）

無理もない。まともなご縁など諦めていたはずの長女である。まさか宮家との縁組が舞い込むなど想像もしなかったに違いない。どこかの後妻にくれてやるぐらいしかないと思って打ち捨てていた娘が、思いもしない形で役に立つ。父とすれば確かに喜ぶべき事だろう。

菫子の闇色の瞳に、唯貴と父が披露目の宴について話す姿が映る。間違いなく我が事であるのに、どこか遠くの事のように思いながら二人を見つめていたが。

（……。……また、視線を感じる）

それは冷たく突き刺さり菫子は戦慄する。辿った先にあったのは、やはり母の姿だ。底知れぬ黒の瞳には、凍て刺すような光と奥底で煮え滾るような暗い何かが宿っている。

菫子の視線に気づいて、朝と同じく母は視線を逸らした。

（何時もの事……。そう、何時もと同じ……）

そう菫子は己に言い聞かせ、次いで視線を父と唯貴へ向けて、今度は努めて嬉しそうな微笑みを浮かべた。

戸惑いはあれど、近くに見え始めた未来へ向けて時は動く。宴の準備は様々な思惑を乗せて着々と整っていった。

第二章　契機の夜

屋敷の人々が上を下へと慌ただしく動き回り、その日はあっと言う間に訪れた。

晴れ渡った空の下、離れの一室に軽やかで楽しげな鼻歌が響いている。声の主は誰かと言えば、菫子の傍にいる沙夜である。

実に嬉しそうに歌いながら、沙夜は流麗なまでの手際で菫子の支度を整えていく。

一つ一つ装身具を着け化粧を施し、髪を結い上げ、菫子は美しく仕上げられていった。

裾に美しい刺繍（ししゅう）のある、滑らかな絹の光沢を放つ薄紫色のドレスは、例によって唯貴の贈り物である。頂いてばかりで申し訳ないと恐縮する菫子に、唯貴は笑うばかり。

（あの方は、わたしを甘やかしすぎだと思うの）

似合うと思うから、菫子に贈り物をする事が楽しみだからと言われれば、受け取る他ない。嬉しいやら、困惑するやら、畏れ多いやら。隠しきれずまた表情に出そうなのを堪える菫子の耳に、沙夜の歌が変わらず聞こえる。

「……嬉しそうね、沙夜」

「嬉しくないわけがございません！　菫子様のご婚約のお披露目でございますよ！

あの小さかったお嬢様が、こんなに美しく成長なさって……。お相手が、あのようにご立派な貴公子で！」

沙夜は心浮きたって仕方ないという様子で、煌めく瞳を向ける。

（これじゃあ、婚約したのがどちらかわからないわよ）

婚約した本人より断然嬉しそうな沙夜に、若干菫子は呆れ気味である。

感極まり泣き出すのではないかと思うほど興奮している沙夜だったが、流石に興奮しすぎたと思ったのか、こほんと咳をして続ける。

「まるで御伽噺です、嬉しくないわけがございません」

口は止めず、されど手も止めず。支度の手際の良さに感心してよいのか、感極まった言葉に照れたらいいのか。またもやどうしたら良いかわからず、菫子は肩を竦めて大きく息をついた。

「ねえやったら！」

「あら。菫子様、それは卒業して頂いたはずでは？」

あ、と菫子は口元を押さえる。沙夜が幼い自分に仕えるようになってからずっと「ねえや」と呼んでいたのだ。けれども女学校入学を機に、沙夜の願いにより改めた。しかしながら、長らく呼んでいた名は身に馴染みすぎていて、今でも時折気を抜くと「ねえや」と呼んでしまう。

「……もう少ししたら言わなくなるわよ……多分」

「あら菫子様、私が菫子様にお仕え出来るのは、そう長くはないかもしれませんよ？」

沙夜が静かに返すと、菫子の闇色の双眸に戸惑いが浮かぶ。沙夜は菫子の瞳に動揺があるのを見て、少し寂しそうに笑った。

「菫子様が嫁がれましたら、私はお役御免となるでしょうし」

「……沙夜も、一緒に来るでしょう？　唯貴様は、きっと良いと言ってくださるわ」

菫子はまるで寄る辺ない子供の表情で、沙夜を見る。心細げで寂しげな言葉に、沙夜は静かに首を振った。沙夜も一緒に行くのだと連れていきたいのだと、眼差しで訴えても、沙夜の首は再び静かに左右に揺れる。

「私は、宮家にお仕え出来る身分ではございません……」

沙夜の実家は名のある宝石商である。結婚前の行儀見習いとして、華族の家に奉公する事はよくある話であり、沙夜も当初は結婚までの腰掛奉公のつもりだったのだろう。けれど、何故か菫子付きの女中となった後、嫁に行く事をすっぱりと諦め現在に至っている。何時までも自分に付き従う必要はないと、嫁に行くのを勧めた事も幾度かあった。しかし、その度にそんなに私を追い払いたいのですか、と沙夜は笑って断るのだ。

沙夜は、菫子にとって屋敷内で唯一の心の拠り所である。

毎日冷めた食事をする菫子を不憫に思って台所の女中達に一人直談判し、せめて茶の支度だけはさせてくれと、粘り勝ちで譲歩させてくれた。菫子を決して笑い者にはさせぬと、流行りの髪型や服装について人一倍学んで日々の支度をしてくれる。

それでも身分は商人の娘であるからと、宮家の女主人の傍仕えをするには障りがあると考えている様子が見て取れた。

（そんな事ない、唯貴様はきっと許してくださる。沙夜は私と一緒に来るの）

二十七歳の沙夜は既に嫁き遅れと呼ばれてしまう年頃である。実家でも屋敷でも、居場所などあるのだろうか。嫁に行くから放り出すなど、あまりに薄情というものだ。

（ううん、違うの、そうじゃない。ただただ私が、沙夜と一緒にいたいだけなの）

今まで何時も一緒にいたのだ。離れるなど考えた事すら無かった。離れたくなどない、絶対に沙夜を連れて行くと言いたかった。それなのに。

（……。なんで、云えないの……）

我儘を言う事に慣れていない。諦める事にはあまりに慣れすぎている。沙夜との別れが見えているのに、手を伸ばす事が出来ない。大切な存在と別れたくない、それすら言えない菫子は自分に苛立ちすら覚える。このままでは、唯貴との結婚は沙夜との別れと引き換えにとなってしまうのに、俯いて沈黙する事しか出来ない。

二人の間、室内に落ちた沈黙を破ったのは沙夜の明るい声だった。

「さあ、お支度が出来ましたよ」

子供のように泣きたい、泣いてそれは嫌だと訴えたい。離れずに傍にいて欲しいと縋りたい。そう思っていても、菫子はその心を固く抑えてしまうのだった。

入相の鐘がなり、西の果ての山際に陽が隠れて落ちる。夜の帳が空を覆い隠す頃、珂祥伯爵邸にはまばゆいばかりの照明が灯された。それに誘われるように、煌びやかな正装を纏う紳士淑女達が集う。

そうして、菫子と唯貴の婚約披露の宴は幕を開けた。

居並ぶ人々は今宵の主役二人に歩み寄っては笑顔で祝福し、寄り添う美しい一対は揃って礼を返していく。実に美男美女で似合いの二人であると褒めそやす人々の囁きは主役達の耳にも届く。しかしながら、その片割れである菫子は多大なる苦行を強いられていた。

（……つらい……）

背に幾筋も冷たい汗が流れていく。

菫子は衆目を集める事に慣れていないのだ。人目につかぬよう、人の集まりからは身を潜め、離れで暮らしてきた菫子は社交に慣れていない。

社交好きな父母の性格を反映して、珂祥伯爵邸では時節に応じて様々な宴が催されるが、呼ばれる事の無い身には遠い世界の話でしかない。

そんな菫子にとっては、今この状況自体が試練そのものである。居並ぶ招待客のほぼ全ての注意が、菫子と唯貴に向けられていると言っても過言ではない状況なのだ。

一方で唯貴は慣れたものである。物腰は御伽噺の高貴な王子そのものであり、そつなく返答する様子を菫子は羨望の眼差しで見つめる。

唯貴のような貴公子と婚約が決まった、夢のような幸福の只中である令嬢にふさわしい朗らかな笑みをと思っていても、気を抜くと引き攣った笑みになってしまう。

（おねがい、わらって。おねがいだからわらって、わたしのかお）

今日ばかりは笑ってくれと、顔の全神経に懇願しているが効果は薄い。普段使っていない故に死んでしまったのかと思うほどである。

また一筋、冷や汗が伝った。そんな菫子の耳に、優しい声が届く。

「大丈夫？」

「へ、平気です……」

唯貴が菫子を覗き込んでいる。その声音に滲む心配そうな色に、菫子は表情が引きつらぬように全力を尽くしつつ応える。

けれど、唯貴は菫子が心の中ではつらい、帰りたいと思っている事など全てお見通しのようだった。唯貴が僅かに苦笑しながら何事かを囁こうとした時、歩み寄った小さな人影が二人の注意を引いた。

「姉さま、殿下、おめでとうございます」

可愛らしい声で礼をするのは、菫子の異母弟の一人だ。確か……二番目の弟だったか、名前は何といったかとぼんやり思う。些か薄情かと思うけれど、自分と弟の間にはその程度の絆しかない。

愛らしい顔立ちの弟は、無邪気に笑っている。その笑みの中に底意地の悪い光を宿して、菫子へ祝いを口にした。

「姉さまがお屋敷からいなくなると思うと、安堵します。だって、そうなればもう屋敷で不幸は起こらなくなりますから」

「こら！　何を言う！　……申し訳ございません、刀祇宮殿下」

その言葉に血相を変えて飛んできたのは父であった。表向きは落ち着いて威厳を湛えて重々しく、しかし内心大慌てである事は近くにいたら分かる。

父は弟を叱りつけると、乳母に言いつけてその場から連れ出させ、唯貴へ頭を垂れて謝罪した。

その一方で、隣の菫子に視線を向ける事はない。

（……。何時もの事だから。ああ、何時も通り）

菫子は自身に向けられる視線が、一瞬にして変化したのを感じた。

祝福や羨望は消え、嘲笑、憐憫、畏怖、様々な負の感情。それらは菫子にとっては慣れたもの。綺麗な感情に一時覆い隠されていた、何時も通りのもの。

自分に纏わる出来事を知る者であれば、そう見るであろうという馴染みの眼差しであり、慣れすぎていて逆に安堵すら覚えるほどだ。菫子は心の裡で密かに苦笑する。

（傷つくはずの事にも、傷つけなくなったわ）

沈黙を纏いながら、ただそこに佇み視線を受け止めていた菫子の耳に触れたのは、柔らかな囁きだった。

「もう少しで、注意は他に逸れるよ」

「え？」

唯貴である。人差し指を口に軽く当てて見せるのは二人だけの秘密の仕草。

降る声音は優しく労わる響きがあって、はっとしたように顔を上げた菫子が、どうしてと言う前に、弾けるような大きな音がした。

夜空に咲くのは大輪の鮮やかな光の華――花火。夜空の華は、集まった客達の注意を一瞬で引きつけた。

喜色満面の父が、客達へ声を張り上げる。

「刀祇宮殿下がこの日のためにご用意下さった夜空の花束でございます。ささ、皆様お外へどうぞ！」

居並ぶ紳士淑女達は、顔を輝かせながら連れ立ってテラスから外へ、そして和やかに談笑しながら夜空を見上げては、夜闇を切り裂いて眩く輝く花火に見惚れる。

そんな中、宴の主役達が姿を消したという事実に、気づいた者は少なかった。


菫子の手を引いて走り出した唯貴が辿り着いたのは、庭園の端にある東屋だった。

ここまで駆けた事で軽く息が切れていた菫子は、息を整え唯貴を見る。

「花火のご用意など、なさっていたのですね」

「さすがに僕も宴の間中、衆目に晒されるのは疲れるからね」

悪戯な光を瞳に宿しながら片目を閉じて見せた唯貴に、菫子は頬を緩ませる。

(やはり、唯貴様はすごい)

脳裏に浮かぶのは唯貴への称賛、手際の良さに感心するばかりである。

幻想的な灯りの数々に照らされた宵の庭園にて、咲き誇る花々は香しい薫りを風に乗せて二人へ送る。それを楽しんでいた唯貴は、漸くといった風に息をついた。

「菫子、疲れていただろう。風が気持ちいいし、少し休んでいこう」

どうぞ、と貴婦人を招く紳士のように唯貴は菫子を東屋のベンチへ導く。けれど、菫子は俯いたままで、その場に立ち尽くし動かない。

「菫子？」

「……唯貴様。唯貴様は、本当に私で良いのですか？　私に、私にまつわる噂を、ご存じでいらっしゃいましょう……？」

沈黙するばかりの菫子を案じ唯貴が一歩歩み寄った時、菫子は面を伏せたまま漸く口を開く。

菫子の声が震える。それは、婚約の話が出てから幾度か繰り返された問いだ。菫子に纏わる噂はあまりに有名で、知らぬものは無いと言われるほどである。

（わたしが望まれて嫁ぐ事なんて、無いと思っていた。……そんな日は、絶対にこないと）

そう、他ならぬこの方が求婚してくれるまでは。

驚いたし、嬉しいとも思った。

けれど、噂が確かである事を知る故に、このご縁を喜んではならないと自らを戒めた。距離を置き遠ざかる事すら考えた。更に帝のお許しなど下りなければ良いと願っていたのだ。

（この方が不幸になるところなんて、見たくないから）

けれども、二人は今日という日を迎えた。

菫子は俯いたままで、唯貴が今どのような表情かを窺い知る事は出来ない。

ゆるやかに沈黙が流れて、風が二人の間を靡き渡り行く。雲の切れ間から皓々と輝く白き片割れ月の光が、沈黙に揺蕩う二つの影を照らしている。

沈黙を破ったのは、唯貴だった。

「僕は、董子がいい。他に誰も望まない。妻にと望むのは董子だけだ」

驚き、弾かれたように顔をあげた董子の闇色の瞳が、唯貴の夜色と静かに交錯した。

何時も温和な笑顔を浮かべている唯貴の顔に笑みはなく、その瞳に宿る真剣な光に気づく。強く訴える真っすぐな表情がそこにある。

それは、董子が問いかける度に真剣に繰り返された答え。唯貴の本心からの言の葉には、穏やかで何物にも揺るがぬ固い決意を感じる。どこまでも真摯であり、そこに潜むのは情熱、籠るのは深い愛情だった。

(胸が熱くて、苦しい……)

知らず知らずのうちに董子の目頭が熱くなる。閉ざした心が、開きそうになってしまう。傷つかないように閉ざしたままでいたのに、その言の葉は、その眼差しは許してくれない。

(何か言葉を返さなきゃ……)

こんなに己を望んでくれる彼に何か返答したいと思っているのに、言葉が出てきてくれない。熱い何かが心を一杯に満たすだけ。

唯貴は押し黙る董子の手を繊細な手つきで取り、そっと何かを指に嵌める。彼の手に載せている自分の手、左手の薬指には指輪が光っていた。

「……綺麗」

菫子は目を見張り、思わず呟く。

金の流麗な曲線が描くのは薔薇(ばら)の意匠(いしょう)。細工の中心に座しているのは、妖しいまでに華やかに輝く紅の石。魂すら吸い込まれそうな深い紅。

母の宝石箱のみならず、伯爵家では宝飾品を目にする機会はそれなりにあった。それでも、この指輪に勝る品を菫子はついぞ目にした事はない。これは恐らく舶来の品である。

「こ、こんな素晴らしいもの、畏れ多いです……！」

指輪のあまりの見事さに、菫子は慌てて唯貴に訴える。

「いいんだ、受け取って欲しい、婚約の証にね」

菫子の身の回りにおいて、父母から与えられるのは体面を保つための最低限のものばかりである。

離れを彩る美しい調度類に、飾りの品、そして美しい着物の数々。生活に彩りを与えてくれたのは、唯貴の心尽くしなのだ。菫子の喜ぶ顔が見たいと贈られた品々はどれも素晴らしいものだったが、この指輪は別格と言って良い。瞳を惹きつけてやまぬ紅の指輪はあまりに美しい。

（でも、何か……。……怖い……？）

何故か一瞬だけ、一際強く煌めいた光を冷たく感じ、菫子は無意識の内に身震いしていた。

でも、それは刹那の事。流石にこのような大それた品を父に無断で頂くのは障りがあると言おうとした時。

甲高い悲鳴が夜の静寂を切り裂いたのだった。

驚いた二人が東屋から駆けつけると、既に人だかりが出来ていた。ざわめく人々の顔には恐怖が刻まれており、問わずとも只ならぬ事が起きたのは明白である。

「坊ちゃまっ……！　坊ちゃま……！」

人だかりの前方から、老女のものと思しき、しわがれた悲痛な叫びが響いている。

集まる人々をかき分けて二人は声のする方へ足を進め、あと一歩でその声の主に辿り着くところまで来た。その瞬間、唯貴が菫子の視界を遮ろうと手を伸ばす。

「！　……見ちゃいけない！　菫子！」

けれど制止は、今一歩遅い。菫子の瞳にあまりにも強く、その光景は焼き付いてしまった。

そこにいたのは、先程菫子に皮肉を言ってのけた幼い弟だった。

　木立に括りつけられた身体は、手も足も首すらもあらぬ方向を向いており、身体に刻まれたのは無数の傷。可愛らしかった顔に今あるのは苦悶(くもん)の表情だけである。流れるのは、赤い命の雫。事切れた弟からは、咽返(むせかえ)るような紅い匂いがしていた。誰の目にも手遅れなのが明らかな無残な姿で、弟はただそこにあった。
弟の乳母は地面に臥して泣いている。気も狂わんばかりに泣き叫ぶ声を聞いて、菫子は足元が揺らぐような気がした。

(どうして、こんな事が……。いいえ、わかっている)

　打ち寄せる眩暈(めまい)に唯貴の腕に縋りつき、紙よりも白い顔を茫然とさせながら菫子は心の裡(うち)で呟いた。

(ああ、やはり、私は『不幸の菫子さま』なのだ……)

　突きつけられたあまりにも惨(むご)たらしい現実は、一体誰の所為(せい)なのか。いや、問うまでもない。

　答えはわかりきっている、私の所為(せい)だ。

　きっと誰も否定しないだろう。私は不幸に魅入られているのだと頷くだろう。

　ざわめく人々の囁きを耳にして、地に引きずりこまれそうな感覚を覚え、菫子は静かに意識を手放した。

第三章　密やかに蝕む毒

（あら、怪我したのかしら）

着物の袖口に付いた紅い染みに、小首を傾げる。袖を捲り血の斑点を拭ってみるけれど腕には傷ひとつなくて、更に深く首を傾げた。

血の染みは厄介であるのに、と溜息をつくが、今はそんな場合ではないと思いなおす。

何故なら、あのような事態があったばかりだ……

伯爵家で起きた惨劇から二夜が明け、出来事を覆い隠すように密やかに行われた弔いが済んだ後、屋敷は重苦しい沈黙の内にあった。

出入りする警官が物々しい雰囲気を醸し出し、皆は怯えた表情で無言のまま視線を交わす。そしてそれは決まってある一方へ向けられるのだ。

その方角には伯爵家の長女——菫子がひっそりと暮らす離れがある。

宴の招待客には箝口令が敷かれたものの、それは無駄な努力としか言えなかった。

伯爵家の長女の婚約披露の宴で、その家の弟が惨殺されるという悲劇を人々は囁きあう。あの『不幸の菫子さま』がまた不幸を呼び込んだ、と。

婚約は解消されるべきでは、このままでは刀祇宮殿下がとり殺されてしまうのではないか。いやいや、帝のお許しを得た婚約を容易く反故するわけにはいかぬではないか。

今頃、社交の場は騒がしいであろう。囁かれる内容を思い浮かべる事が出来る。噂話は上流階級の娯楽の一つである以上、今回の事件は恰好のお題でしかない。

噂の主は女学校を休み、離れに身を潜めるかのように籠っていた。納戸色から桑茶へのぼかしが美しい地に花唐草の文の着物を纏い、私室の窓辺の椅子にゆるりと腰を下ろして物思いに沈む。沙夜も下がらせて、ただぼんやりと窓の外、空を流れる白い雲を闇色の瞳に映す。

目を閉じると鮮明にあの無惨な弟の姿が浮かび顔を手で覆う。

喪に服す意味でも学校など行けるはずもなく、向けられるだろう視線の集中砲火を思えば行きたいと思うはずもない。

流れゆく雲をぼんやりと見つめていた菫子は、ふと胸元の守り袋を取り出す。

桜の柄の小切れで縫った小さな守り袋を軽く逆さに振る。中から転がり出たものが、窓から差し込む陽を反射して光を放った。

きらり、きらりと光るのは、一つの石である。水晶の中に揺れる虹を閉じ込めたかのような、七つの色の光彩を放つ不思議な石。

手の内で煌めくそれを見ながら、菫子は幼き頃の或る日に思いを馳せた。

刻は夕暮れ、空は朱に染まる頃だった。とても背が高い相手、しろがねにも見える灰色の人影を見上げた事を微かに覚えている。

その人が何かを呟きながら、手渡したのは、宝石で作られたかの如く美しく煌めく『華』。しかし、菫子の手の中に残っていたのは、この輝石である。

思索に耽る菫子の脳裏に、幼き自分に言い聞かせるように殊更重々しく声を作って語る沙夜の声が響く。

『あやかしは人を惑わせて魂を喰らいます。声をかけられても絶対に応えてはなりません。ある種のあやかしは、自分が定めた相手に美しい〝宝石の華〟を渡すそうです。そして、受け取った者が美しく育った頃に、その華を目印にして……魂をとりにくるそうです』

それは、知らぬ人間についていかぬように作り話を交えて言い聞かせる、よくある幼子への戒めだと思っていた。宝石商の娘らしい作り話を、沙夜は語って聞かせたものだった。彼女もまた、己の乳母から同じ話を聞いたと言っていた。

潜めるような抑えた声音で語るその話を聞いて、掌にある石が恐ろしくなり捨てようとした事もある。けれども何故か捨てる事が出来なかった。

かつては、このままではあやかしに命を取られてしまうと怯えて泣いていたけれど、今は違うのだ。

（わたしは、それを待っている。人ならざるものが自分のもとに来て、命を取っていく時を……）

御伽噺（おとぎばなし）を信じているのかと思われようとも、菫子にはおかしな確信があった。人ならざる何者かが自分のもとにきて、己を人の世から消すであろうという確かな予感が。

恐ろしくないのかと問われたなら、是と答えるだろう。

（むしろ、何を恐れろというの……？）

何を惜しむ、何を嘆く、この世に何の未練があろうか。

胸の裡（うち）を哀しく過るのは、沙夜の明るい笑顔と唯貴の優しい微笑。

自分が怪我をしたというのに、菫子様がご無事ならと明るく励ましてくれた沙夜。

不幸が降りかかるのを心配すれば、そんなものは恐れないと真剣に言ってくれた唯貴。

周囲に不幸を呼ぶと畏怖され忌まれ、菫子は二人にいつ災いが及ぶか日々恐れている。彼らの眼差しが何時恐怖に染まるか、或いは彼らを何時無残な形で喪（うしな）うかに怯え続けている。

傷つかないように自分を守りながら、傷つくはずの事にすら傷つけない事にも慣れきって、何も感じぬように心を縛ってきた。いつか来るその日に怯え続けて生きるぐらいなら、もう終わりにしたいと願いすらする。

小さく呻くように、菫子は呟く。

「命を取りに来るなら、早く来なさいよ。これ以上周りを不幸にする前に、私を……」

——殺してよ。

菫子は声なき声でそっと呟いた。けれど、その悲痛な呟きを聞くものはいない。

長く痛い沈黙の内にあった菫子は、ふと弾かれたように顔を上げた。

(そうだわ、あの指輪……！)

唯貴から贈られたあの指輪の事を思い出した菫子は立ち上がる。あの夜は、あの騒ぎで有耶無耶になってしまい、結局受け取ったままになっていた。

(あんなに見事な指輪……お父様にお知らせしないと……)

流石にあれほど見事な指輪を親に黙って受け取るのは宜しくない。そう思って、菫子が指輪をしまった飾り棚へ歩き出そうとした時。

「お姉様！」

「え……!?」

それは菫子の背後から勢いよく抱きついてきた。衝撃で一瞬息が止まったほどである。足元がふらついたものの、何とか転倒は避ける事が出来た。離れに現れるのは沙夜ばかりだが、彼女がこのような振舞いをするはずはない。

（え……？　誰、なの……？）

怪訝に思って後ろを振り返ると、そこには一人の少女の姿がある。

「誰、貴方一体……」

「……お姉様、いくら傷心でいらっしゃるからといって、記憶まで喪われてしまったの？」

ぴたりと菫子は動きを止める。

誰何する眼差しとぶつかるのは、きらきらと輝く宝石のような瞳だった。私をお忘れ？　と小首を傾げて見せる少女と真正面から向き合って、それが誰かを認識して一つ安堵の息。

「あ、ああ、薔子……。びっくりした……」

「そうです。お姉様の可愛い妹の薔子です！　びっくりしたのはこちらだわ、まさか忘れられたかと思ったわ」

『薔子』と呼ばれた少女は赤いスカートを指先でつまみながら、くるくると独楽のように回って見せる。スカートの裾のフリルが、ひらひらと動きに合わせて軽やかに揺れた。

陽に当たると僅かに赤みを感じる黒髪はゆるやかに波打ち、円らな黒の瞳は心から楽しそうな光を湛えている。庭に盛りと咲き誇る薔薇の先触れの華やかさを持ち、西洋人形のように愛らしい。

少女の姿を見つめつつ、菫子は溜息をつく。

(わたし、疲れているのかも……)

菫子は家族と離され、離れで暮らす身ではある。それでも『妹』を誰呼ばわりするとは何事であろうか。輝く瞳を見つめると、先程覚えた違和感など露と消え失せる。

薔子は珂祥伯爵家の末娘、菫子にとっては末の異母妹である。そして母屋の皆に溺愛されていながら、離れの姉を慕うという変わり者でもある。

今日も離れに来たというならば、今頃父母や女中達は眉を顰めているはずだ。けれど皆揃って薔子には甘い。少女の可愛さに制止出来るものは恐らくいないだろう。

「あら薔子様。いらしてたんですね」

姉妹が揃った時に顔を覗かせたのは沙夜だった。

「沙夜、お茶を頂きたいわ。お姉様、ねえ、お茶にしましょう?」

薔子の言葉に頷く沙夜は茶の支度を調えに行き、菫子は仕方ないわねと苦笑して妹と連れ立って離れの居間に向かう。菫子も薔子には甘い。可愛いおねだりを無下には出来ないのだ。

そうして、沙夜が用意してくれた茶と茶菓子を二人で堪能しながら、姉妹は他愛無い会話を楽しむ。

「そういえばお姉様、今日はしてらっしゃらないのね」

「……何を？」

小首を傾げて問い返すと、妹は菫子の白い指に視線を留めつつ答えた。

「指輪よ。紅い石のついた綺麗な指輪。お披露目の夜にはしてらしたのに」

「よく見ていたわね」

見たかったのにと呟く蕾子は些か残念そうで、菫子は目を瞬かせる。

あの夜、菫子があの指輪を嵌めていたのはごく短い間だった。それを見逃さなかった蕾子に、流石美しいものや可愛らしいものに目がないと感心する。

「うーん、でも、宴の時は着けてらっしゃらなかったわよね」

「ええと、それは、その……」

菫子は口籠ってしまう。あの指輪は宴から逃げ出した東屋(あずまや)で、唯貴の手によって嵌められたものだ。

(でも、改めて説明するのは……なんだか照れるわ……)

あの時の事を思い出して、頬を赤らめながら口籠る姉を、妹は不思議そうに見つめる。その無邪気な眼差しに耐えきれず菫子は白状した。

「……唯貴様から、頂いたの」

白磁の頬を紅に染め、瞳をふせがちにぽつりぽつりと呟く。何かを察した薔子は、手を打って大はしゃぎである。

「愛の贈り物ね、素敵！　唯貴様って情熱家でいらっしゃるのね！」

「ちょっと待って、お父様にご報告してないの。流石に怒られるわ……」

「大丈夫よ、だって唯貴様からの贈り物ですもの！」

我が事のようにはしゃぐ薔子の大きな声に驚いた菫子は、慌てて妹を制止する。冷静に考えれば、ここで騒いだとて母屋に聞こえるはずはないが、やや気まずい事には変わりない。

そんな菫子の様子を見て、私も口添えするわと続ける妹は喜色満面であり、菫子はそれ以上何も言えなくなってしまう。

「薔薇（ばら）は愛情の花。その薔薇（ばら）の花の指輪は、唯貴様の愛の証だわ」

すらすらと述べる口調は芝居の口上のようであり、胸の前で手を組みながら言ってみせる表情は、夢みがちな少女にふさわしいうっとりとしたものである。

「きっと、お姉様を守ってくれるわ」

そうね、と返すのが精一杯の姉の紅く染まった顔を見つめる少女の顔に浮かぶのは、どこまでも無邪気な微笑だった。

惨劇から暫し時が過ぎても、菫子の姿は離れにあり続けた。外界とは隔たれているためか、日々は不思議と平穏に過ぎている。

今日も菫子の姿は窓辺の椅子にある。

本日の装いは深い緋色を基調にした洋装である。どちらかと言えば、新しき考えや流行にあまり馴染まない菫子は和装を好むのだが、今日は気分を変えましょうと沙夜の提案があれば洋装を纏う事もある。

たとえ出歩かぬ日であっても、沙夜の支度に手抜きはない。髪も美しく結い上げられ、このまま出かける事が出来そうな姿である。しかし、無論そんな気持ちになれるはずがない。

沙夜は何時も通り甲斐甲斐しく菫子の世話を焼いてくれ、薔子はこまめに離れに顔を出しては他愛ない会話で心慰めてくれる。訪問こそ控えていても唯貴は、まめまめしく手紙や花を言づけて心配してくれる。

（このままでいられたら、いいのに……）

けれど、そろそろ女学校への通学を再開しなければとも思う。令嬢達がどのように噂るか思い浮かべる事が出来るようで気が重くとも、ずっとこのままという訳にはいかない事は分かっている。

それに近頃、父が唯貴を頻繁に訪っていると聞く。恐らく婚約の事を話し合っているのだろう。

父としては願ってもない宮家との縁組であっても、今までの例に倣い、もし唯貴に不幸が訪れたらどうするのか、考え直すべきだと母が強硬に主張しているらしい。

今まで唯貴には何も起こらなかった故に、父はこのまま娘を嫁がせる事が出来ると安心していたのだろう。けれども、実際に婚約の披露目をと宴を開いて遭遇したのはあの惨劇である。恐ろしくなるのも無理はない。

しかし、婚約を覆す事もまた容易ではない。何せ二人の婚約は、内々とはいえ既に帝のお許しを得たもので、それを覆すのは帝のご意思に反する事になる。

そして何よりも、当の唯貴本人に婚約を覆す意思が全くないのだ。

薔子に「愛されているわね」などと揶揄われ照れて俯くしかない。

唯貴の固い意思に対して、複雑ながらも喜色を隠しきれぬ父とは裏腹に、徐々に眼差しが暗くなっていったのは母である。

父に呼ばれ母屋に行った時、戦慄すら覚える視線を感じて振り向くとそこには母がいた。そして、その瞳には菫子を忌む冷たさだけではない、暗い憎悪すらあった。今までの眼差しよりも昏く、血の気が引き逃げるようにして離れに戻った。

後に訪れた薔子から聞いた話は、こうである。

母は服喪中という事で茶会などの社交の席を避けていたが、断り切れぬ話はままあるもの。出席してはみたものの、話題は当然の如く『不幸を呼ぶ娘』の話。その場でどのような会話がなされたかは知る由もないけれど、母は蒼褪めた顔で帰宅した後、調度の花瓶などを衝動のまま叩き落としたらしい。そんな様子からは、どう好意的に見積もっても愉快な事があったとは思えない。

　弟妹達も、それぞれに散々な目に遭っていると話していた。それぞれに学び舎で姉の事を揶揄われ、帰ってきては母に泣きつくと言う。語る当の本人も揶揄されたらしいが、『私が気にすると思う？』と胸を張って明るく言うので、それ以上問う気は無くなった。

　しかし薔子が気がかりと言っていたのは、日々おかしくなりゆく母の様子である。母の形相が日々鬼気迫るものになっていると、妹は肩を竦めて語った。

（わたしの所為で……）

　自分の存在が、母を、家族を苦しませている。不幸にならなくても良い人達が、自分の所為で不幸になってゆく。新月の闇色の眼差しを伏せた。

（わたしが、いるから……）

　そして、次に開いた時には強い決意の色が宿っていた。

（離れなきゃ、ここから……）

屋敷から家族から、離れよう。その時に至るまで、誰も不幸にしない場所へ行かなければ。

（もう、これ以上は見たくないから……）

緋色のスカートの裾を揺らして立ち上がった菫子は、静かに母屋へ向かった。


菫子は母屋の父を訪れて、屋敷を離れたいと告げた。

人里離れた辺境の、珂祥家の持ち物の一つである山荘に移りたいと伝えると、父は渋面を作りつつ思案して、ついには了承の意を告げる。ただし、婚約は続けるものとする、と言い添える事は忘れなかった。

菫子は何の心も滲まぬ表情で、ただ一つ頷いた。

父の了承は得られたものの、おさまらなかった者がいた。薔子と沙夜である。

菫子はもう一つ父に願い事をしていたのだ。沙夜を母屋へ戻し、出来るならば薔子付きにしてくれと。そしてそれは父の了承を得た。

菫子が屋敷を離れるにあたり、自身を連れて行く意志のない事を悟った沙夜の嘆きは深く、泣いて菫子に縋った。妹もまた、姉にしがみ付いて離れない。

菫子は、寂しそうに微笑を浮かべるだけだった。

本当は離れたくなどない、ずっと一緒にいたい。でも、それ以上に大事な人が不幸になる事が怖かった。

暮れ方が過ぎて夜闇が満ちる頃、離れに戻った菫子は周囲を見回す。

(この離れ、こんなに広かったのね)

嘆きに嘆いた挙句に眠ってしまった沙夜を母屋に残し、離れには菫子一人で戻ってきた。鉛のように重い足取りで漸く寝室に辿り着き、力なく寝台へ倒れ込む。

(どうして)

手足にもう力が入らない。糸が切れた人形になったようだ。

(どうして、こうなったのだろう……。どうして、どうして、どうして……)

心の裡で繰り返す。誰かを恨む事では無く、理由を問うても詮無き事だ。分かっていても、菫子の脳裏を埋めつくすのは「どうして」の四文字。

(わたしは、そんなに大それた事を願ったのだろうか……?)

大切な人達と笑い合いたいというのは、そんなに大それた願いであったのか。問うべき相手がいるわけではない、けれども問わずにいられなかった。

(……。……何時もの、事)

何時ものように心の裡に呟く。

哀しいと思っても、泪が流れる事はない。表情から感情が消え失せている。それほど菫子は諦める事に慣れていた。

菫子はゆっくりと目を開けた。

気が付けば窓の外は黒く塗りつぶされており、自分が何時しか眠っていた事に気づく。室内にも闇が満ちており、菫子は起き上がるとまず灯りを付けた。寝室が色を取り戻して安堵の息をつき、一歩踏み出そうとした瞬間、菫子は動きを止めた。

(……今、何か……？)

かたりと、何か音がしたような気がした。気のせいかとも思ったものの、続けて耳に入るのは先程感じたものと同じ音、それも一度目よりはっきりとである。

(……誰かが、近づいてきている……？)

その音は徐々に大きくなっていて、それが何者かが静かに床を踏みしめる音であるという事に気づく。

最初は沙夜が帰ってきたのかと思った。けれど、沙夜が足音を潜める理由はない。

次に考えられるのは薔子。薔子ならば驚かそうと忍び足をするのもあり得るが、このような夜更けに訪れた事があったろうか。

怪訝に思いつつも、沙夜か或いは薔子かと声をかけようとした時、寝室の扉が静かに開く。警戒しつつ振り返り、菫子は動きを止めた。

「え……？」

菫子は目を瞬かせた。そこにいたのは、この離れに足を踏み入れるなど考え難い、あまりにも意外な人物。

「……おかあさま……？」

誰が袖文の深い翠の留袖を纏った一人の女性。紛れもなく珂祥伯爵夫人――菫子の母であった。ゆるりとした足取りで扉を抜け寝室へ歩み入り、ゆっくりと近づいてくる。

漸く気を取り直した菫子が何事かと問いかけようとした、その瞬間。

銀色の光が一閃したかと思えば、はらり、艶やかな黒髪が一房断ち切られ宙を舞う。

菫子がいた場所に振り下ろされたのは、しろがねに光る刃である。もし菫子が咄嗟に後ろに避けていなければ、刃は菫子の身体に沈んでいただろう。

ただただ母を見上げる。

（……どうして……？）

見つめる菫子の闇色の瞳に戸惑いが浮かぶ。

母の手に光る鉄の刃は、母がこの家に嫁ぐ際に花嫁衣裳と共に身につけた懐剣。幼い頃、まだ母が己を膝に抱いてくれた時に見せてもらった覚えがある。あの日、優しく語ってくれた母は、今は凄絶な笑みと共に白い手に握った刃を菫子へ向けていた。

「屋敷から逃げるつもりね？　また誰かを不幸にするつもりでしょう……！」

「ち、違います、お母様。そんなつもりでは――」

「うるさい！　……全部、全部お前の所為よ……。お前がいけないのよ……」

地獄の底から響くかのような、獣の唸りを思わせる低い声だった。咄嗟に否定しようとしても、母の叩きつけるような剣幕は菫子から言葉を奪う。

優雅な佇まいで名高いはずの母は、ほつれた髪も気にする事なく、気品などかなぐり捨てている。狂気すら感じさせる母の形相に、菫子は蒼褪めた顔で身を震わせる事しか出来ない。一方、母は刃を振り上げ菫子へにじり寄る。

「この疫病神！　……死神！　……お前なんか、……お前なんか……!!」

母の言葉は徐々に激しさを増し、やがて切れ切れに菫子の脳裏に響き始める。苛烈になりゆく母の口調とは裏腹に、菫子の心はなぜか落ち着いていった。

母は壊れてしまったのだと悟る。それならば。

……おかあさまをこわしたのは、だれ？

――それは。わたし。

振り上げられた刃が近づいてくるのを、じっと見つめる。逃げる事はしない。その必要はないのだから。

（ああ、そうね、もう終わりにしましょう。それでお母様の気が済むなら、こんな終わりも悪くない……）

菫子の心の裡にあるのは不思議な静寂だ。

命を取りに来たのは、あやかしではなく自分の母であったけれど、ここで終わるならばそれも良い。全て受け止めて静かに逝こう。終わりに出来るなら、それで良い。

激情を全身で感じながら、菫子は静かに目を閉じる。

母が刃を振り下ろした音が耳に届いた。次に来るのは刃が自分に沈む感触だろうと、覚悟してそれを待つ。

が、やがて怪訝に思う。

（……どうして？）

刃が自分に沈む感覚は、何時まで経っても訪れない。

「だ、誰……!?」

代わりに聞こえたのは、母の厳しい誰何（すいか）の声である。そして、刃の代わりに菫子に訪れたのは、力強く優しく、どこか懐かしい腕が自分を抱き留める感触だった。

「仮とはいえ我が子を殺めるか、人とは斯（か）くも愚かな生き物なのか」

感情が無いのではと感じさせる低く鋭い声が耳を打つ。

驚愕と共に菫子が目を開けると、そこには緩く纏（まと）めた艶やかな長い髪を風に遊ばせ、同じ色の瞳に怜悧（れいり）な光を宿す男の姿があった。

濃紺の着流しを纏（まと）う、あまりにも美しい……

まるで、氷で出来た花が散り敷くが如き危うい美しさ。冷たく端整な面には、何の感情の色も無い。

けれども、その腕は確かに菫子の肩を母から守るように抱いている。そして男のもう一つの腕は、母が振り下ろそうとした懐剣に翳されており、見えぬ何かが存在するかのように、刃は宙空に縫い留められている。

(ああ、この男だ)

菫子は心の裡で呟く。この男は人ではない。この美しさは人に許されたものではない。

(この男が、わたしが待っていた、あやかし……)

記憶の中の灰色の情景が蘇る。それは幼い自分がこの男から『華』を受け取っている場面。この男こそが菫子の胸にある守り袋の縁の主にして、かつて菫子に『宝石の華』を渡した人ならざる者。そして、菫子の命を取りにきた、あやかしなのだ。そうだというのに。

(どうして、わたしをまもるの……?)

菫子の目線の先には、男の横顔がある。纏う冷たい雰囲気に反して、抱き留める腕は温かい。

宙空に縫い留められた刃は、きちきちと嫌な音を立てていたが、やがて一際甲高い音と共にあらぬ方向へ弾き飛ばされる。

母は茫然としたものの、束の間の事だった。すぐに険しさを取り戻し、菫子と現れた男を睨みながら、か細く震える昏い声を絞り出す。

「我が子、なんて」

くすくす、虚しく響く笑い声。よろよろとよろめきながら、菫子を指しながら母は叫んだ。

「そんな娘、私の子じゃないっ……！」

顔を歪めた母が、その唇から放った事実に男は露ほども動じない。

そして、菫子の表情にも、動揺はない。あまりに衝撃的な事を告げられたためか、母を見る菫子の眼差しはぼんやりとしていた。

(私の子じゃない。わたしはお母様の子ではない。お母様とわたしに、血のつながりは無い……)

衝撃で心が止まってしまったのだろうか。いや、違うのだ。

(……。ああ、やはりそうだったのね)

母が叫んだ事は、予想していたものだったからだ。

それは菫子の心の裡に波紋を呼ぶ事はなく、幾度か静かに繰り返され、やがておさまった。あまりにも穏やかに。

結い上げた髪は既に解れていたけれども、もはや気にする事もしない母の頬を、一筋、二筋涙が伝う。雫を落としつつ、菫子を睨みつけたままの母はか細い声で言葉を紡ぐ。

「私の子は、私の子は生まれてすぐ……お乳を飲まなくなって……息も弱くなって……」

母の脳裏にあるのは、恐らく当時の光景だろう。溢れる涙を拭う事もせず、母は頭を左右に振りながら続ける。我が子を失う悲しみを追体験するその瞳からは、徐々に光が失せ始めていた。

「私は、もう、子を産めなくて……。でも、私は、娘を失うわけにはいかないから……。……誰かが連れてきたその娘を、身代わりに……」

出産の際に不幸があった事は、菫子も聞いていた。結果として、母は身体を損ない次の子を望む事は出来ず、故に実の子は娘である菫子だけとなったのだと知らされた。

華族の家を継げるのは男子のみ。華族にとって女はただの胎（はら）である。父さえ確かならば、母が正妻であろうが妾であろうが男子は跡継ぎ足りえる。けれども、たとえ正妻の子であっても女はそうならない。

母の下に唯一あったのは娘だけ、そしてそれすら失われてしまった。夫は地位のある男の例に倣（なら）って女に目が無い。子が無ければ正妻としての立場は危うい、何もかも失ってしまう、崩れてしまう。菫子を連れてきた者の素性すら確かでないというなら、どこの者とも知れぬ赤子を受け入れるしか無かったというのなら、母は相当追い詰められていたのだろう。

菫子を睨みつける母の瞳に、底知れぬ暗い光が宿っている。ギラギラと光るそれは、徐々に徐々に鬼気迫る光を帯びていく。

「不幸を呼ぶ癖に、人の死を呼ぶ疫病神のくせに」

——嗚呼、恨めしい、憎い、疎ましい。

菫子が息をのむほど感じるのは、強い憎悪と嫌悪である。

——妬ましい、何故、どうして。あの子はもういないのに、どうしてお前が。

伝わる声なき声に、恐怖に引き攣る菫子の身体がかたかたと震える。

「……私の娘が受けるはずだった幸運を。宮様のお妃になる幸せは……あの子のものだったのに！　なのに、また！」

——殺したい、そう殺す、殺してしまえ。

言の葉が帯びる呪詛は負の熱に満ちている。不確かでよろめきながらも、大地を踏みしめるような足取りの母は、一歩また一歩と近づいてくる。掴みかかろうと両の手を伸ばしながら、母は血の吐くような叫びを発した。

「あの子が、あの子が生きていたら、お前など引き取らなかったのにっ……！」

白い繊手が菫子へ迫ろうとした時、灰の男の腕が静かに宙を凪ぐ。

それに合わせるように突風が巻き起こった。あまりの風に菫子は咄嗟に目を閉じる。短い悲鳴と鈍い音がして、恐る恐る目を開けると、そこにあったのは壁にぶつかり倒れ込む母の姿だった。

「お母様!?」

母と、菫子は叫んだ。それしか目の前の女性を呼ぶ言葉を知らなかったからだ。どこかで知っていても、否定されても、それでも。

母は意識を失ってはいないようで、小さくうめき声を上げている。それでも、受けた痛手が浅くないのは見て取れる。

「お前の事情は知らぬ。……だが、此れは俺のものだ」

母を見つめる男の瞳は、どこまでも怜悧な灰色だ。

風がおきた。菫子の凪いだ心に、一つの風が。あまりに冷たく落ち着いた男の低い声音が、凪海のようであった菫子の裡に波を起こす。

次の瞬間、菫子は渾身の力で男の腕から逃れた。男は虚を突かれたように、僅かに目を丸くして菫子を見る。

「私は、わたしは、貴方の物なんかじゃない……!」

諦めていた心が、閉ざしていたものが開きかけた。身体の内から、心の奥底からこみ上げる熱い何かに駆られて叫んでいた。

（わたしは、違う……！）

肩で息をしながら睨みつける菫子に男が何か言おうとする。

その時、駆けてくる二つの足音が菫子の耳に届いた。一つは力強い男のもの、もう一つは女のものと推測出来る。そして、扉が荒々しく開くと同時に、二つの人影が飛び込んできた。二人は、菫子の姿を認めるなり叫んだ。

「菫子！」

「菫子様！」

「……唯貴様……ねえや……」

扉を叩きつけるように開けて、飛び込んできたのは唯貴と沙夜だった。

「……貴様……!?」

唯貴の白皙（はくせき）の面に浮かぶのは激情と警戒であり、室内の様子を瞬時に認識し菫子をその背に庇う。沙夜もまた、菫子を守るように抱きしめる。

灰色の男は、人が増え騒がしくなったと言わんばかりに肩を竦めた。厳しい誰何（すいか）の声には、つまらなそうに溜息をつくばかりで応えずに、菫子を見た。先程までの冷たく冴え凍るような眼差しはそこには無い。

（……なんで、あたたかい……？）

そこには不思議と温かいと思う光が宿っていた。

ぼんやりと見つめていた菫子に、男は告げる。
「また、近き内に」
男がその身をふわりと翻すのと、菫子がその場に崩れ落ちるのはほぼ同時だった。
「……菫子‼」
遠く響くのは、唯貴達が自分を呼ぶ声。
ふわりふわりと、目の前で起きた事が浮かんでは消えていく。
おかあさまが、わたしをころそうとして。
うつくしいあやかしが、たすけてくれて。
わたしは、おかあさまのこどもではなくて。
ぷかぷかと浮かび上がっては揺蕩って沈む。それらは遠い意識の水底に消えていく。
菫子の意識は、そこで途切れた。
（……懐かしい……）

一夜明け、朝の光が白々と差し込む庭園の一角にて、珂祥夫人の亡骸が見つかった。
身体には無数の刺し傷があり、美しかった顔には苦悶の表情が焼き付いていたらしい。流れる紅の海に浮かぶ夫人の亡骸は、何かの執念を感じさせるような惨い姿であったという。

第四章　氷の華

着物の袖口に散る紅い斑点は、間違いなく人の血。

自分の腕には怪我はないのだから、自分が流したものではない。ならば誰がと思えば、不吉な考えが頭を過る。この家が大騒ぎしている理由を考えて、まさかと蒼褪める。

覚えなど全くない。それなのに、袖口には紅い血の染みがあった。

落ちないとわかっていても、ごしごしと着物の袖口をひたすら擦る。

(どうして)

手が止まる、すると誰かの声がした。

——大丈夫、良いようにしてあげる。だから今はお忘れなさい。

その声は、不思議と心を落ち着かせてくれた。大丈夫、何事もなくしてくれる。きっとこの不安は気のせいだ。何故かそう思う事が出来て、ふらふらと歩き出す。

——大丈夫、良いようにしてあげる。まだ働いてもらわねばならないのだから。

虚空に響くその声は、去りゆく背には届かなかった。

珂祥伯爵夫人の『病死』から一週間が経った。

子息の服喪中に続いた不幸に、屋敷の中には沈鬱（ちんうつ）な空気が満ちている。

夫人の死は胸の病によるものとされ、弔（とむら）いは極々身内の者のみで行われた。けれど目にした者から伝わる真実は、屋敷中に広まる。そして皆揃って畏れを抱き、もうこれ以上は何事も起こさないで下さいと、切実な祈りを胸に抱きながら、離れの方角へ視線を向けるのだった。

「菫子様、旦那様がお呼びです」

私室で何をするでもなく、ぼんやりと窓の外を眺めていた時だった。沙夜が顔を覗かせた。菫子はゆるりと顔をそちらに向け了承の意を告げる。そして、彼女と共に母屋へ向かいながら、ぼんやりと考える。

まず、屋敷を離れたいという願いは無かったものになった。母の死でそれどころでは無くなったのもある。しかし、それ以上に強硬に反対する人がいたからだった。

他でもない唯貴が強く異を唱えたのだ。それを受けて、父はいとも容易（たやす）く翻意（ほんい）した。

何故、唯貴がそれを知ったのか。そしてあの夜、離れに姿を見せたのか。

その答えは薔子と沙夜である。二人は菫子が屋敷を離れようとしている事を、唯貴に急ぎ伝えたのだという。知らされ慌てた唯貴は、夜更けに屋敷を訪れた。沙夜の先導で離れに足を踏み入れた途端、人が争うような音を聞きつけ飛び込んできたとの事だった。

唯貴に反対される事を予想するのは容易かった。だから黙って行こうとしていたのにと、菫子は少しばかり二人を恨めしく思いもする。

そして、家を離れる予定が白紙に戻ると、沙夜もまた、菫子の下に戻った。母屋へ歩む菫子の後ろには、ごく自然に沙夜が従っている。それを複雑ではあるけれど、嬉しいと思う心も否定出来ない。

着いたのは宮人を迎えるためにある応接間だった。

（……唯貴様がいらしたのかしら？）

応接間に招き入れられる客人、そして自分が呼ばれた事を併せて考えれば、唯貴の来訪以外には考えられない。身なりに粗相はないであろうかと廊下の鏡で確認して、心づもりをしながら静かに応接間の扉をくぐる。

けれども、その予想は現実のものとはならなかった。

（……そんな、……どうして？）

室内の様子を確認した菫子は、次の瞬間闇色の目を瞬かせた。

「貴方、は」

零れた声は掠れている。

そこにいたのは唯貴ではなかった。菫子の視界に映るのは、あの夜に見たゆるやかな灰色の色彩。明りを受けると、しろがねかと錯覚するほどの灰色の艶やかな髪を緩く一纏めにして背に流し、感情を読み取れない怜悧な瞳は菫子を捉えている。

あの夜と違うのは、纏う装束が帝国陸軍将校の軍服であるという事だろうか。

けれども、間違いない。流麗な美貌を持つこの男は、紛れもなくあの夜、菫子を救ったあやかしである。

（どうして、あやかしがこんな処に？）

しかも、今は明るい昼日中、ここは父を含めた他の人間もいる屋敷の応接間である。そこに堂々と現れたのだ。警戒するなという方が無理というもの。戸惑いと共に、男を訝しく思う気持ちが沸き上がるのは当然であろう。

菫子は唸るように低い声音で、切れ切れに言葉を紡ぐ。

「……貴方は、誰」

しかし、男が答える前に、訝しげな表情と咎める調子で口を開いたのは父だった。

「何を言うんだ菫子。この方はお前の婚約者ではないか」

「え……？」

菫子は理解が追い付かず沈黙する。何を言われたのか分からず返す言葉が浮かばない。

（お父様は、今何と……？）

引き攣ったような表情のままで、目を瞬かせる事しか出来ない。暫しの逡巡の後、意を決して問いかける。

「……お父様。私の婚約者は、いつこの方に代わったの？」

「菫子？　何を言っている。代わるも何も、このお方が初めからお前の婚約者だろう」

（どういう事？）

父の面に浮かぶ怪訝そうな色も、菫子の困惑も深まるばかり。

（あの夜、突如として現れ出た人ならざるこの男が？　お父様はこの男を今何と言ったの？　このあやかしが、わたしの何？）

目を丸くしたまま言葉を失った娘に苛立ちながら、父は溜息をつくと重々しく告げる。

「こちらの、神久月氷桜殿がお前の将来の夫君だろう」

今度こそ、菫子は言葉を失った。

（おかしいわ。……どういう事なの？）

昨日まで自分の婚約者であったのは、刀祇宮唯貴殿下だった。

菫子の記憶では確かにそうだった。唯貴と過ごした時間も、求婚された日の事も、そしてあの東屋（あずまや）で指輪を贈られたのも、全てが温かな気持ちと共に菫子の中にある。

けれども父は、この氷桜と呼ばれた男こそが、初めから菫子の婚約者であると断言したのだ。嘘や冗談を言っている風にはとても見えない。間違いなく父が菫子の婚約者と思っているのは、この男なのだ。この男が初めから菫子の唯一の求婚者であると疑う事なく信じている。

(何があったの？　どうしてこんな事に？)

昨日、床に入り眠りにつくまでは、婚約者は刀祇宮唯貴殿下であった。けれど、夜が明けて今、真実は二つに増えている。

父や傍らに控える家令、菫子を心配そうに見つめる沙夜の様子から察せられる彼らの真実は、この男が菫子の婚約者であるという事だ。

つまり、皆と違う真実を持っているのは菫子一人なのだ。脳裏で数多の思考が鬩（せめ）ぎあい、言葉を失った菫子の闇色の瞳と男の眼差しが交錯する。男の唇がほんの僅かであったけれども、弧を描く。

それを見て菫子は確信した。この奇妙な現象は、全てこの男の仕業であると。

「どういう事ですか」

「如何（どう）云う事と言われても、見た侭だ」

二人の姿は、庭園の東屋にある。あの夜唯貴から指輪を贈られた場所で、菫子は男――氷桜と対峙していた。

この男と父があれから何を話していたのか記憶は曖昧だが、気が付けば、『二人で庭でも歩いてくるがいい』と庭園へ出された。

菫子は睨めつけるような険しい眼差しで、真正面から男を見据える。

そよぐ風に靡く灰色の長い髪に、切れ長の瞳。そこにあるのは、氷で作られた桜を思わせる現世にはあり得ぬあやうい美しさ。狂い咲き舞い散る華の夢幻。

（氷の桜、とはよく言ったものだわ）

目の前の男を表すに相応しい名であると菫子は思う。

しかし、この美しさは人に許されたものではない。それはそうだ、この男は人ではないのだから。

そよ風が麗らかに渡る中、二人の間には硬質な沈黙が横たわる。時が過ぎ、ぽつりと沈黙を破ったのは氷桜だった。

「……驚かなかったな」

「……何にでしょうか」

抑揚の無い声で語る言葉に、菫子の柳眉が寄る。

母に殺されかけるという窮地を救い、唯貴になり代わった婚約者。更に、周りは男を婚約者として自然に受け入れている。

（もう、散々驚いたわよ……）

驚きが表情に表れなかったから認識されなかったかと思ったが、どうやら違う様子。

菫子はやや思案して、脳裏に浮かんだ可能性を口にした。

「……私がお母様の本当の子供じゃない事に、ですか？」

氷桜は是というように、ゆるりと頷いた。菫子の脳裏に、あの夜の母の血を吐くような叫びが蘇る。

『あの子が、あの子が生きていたら、お前など引き取らなかったのにっ……！』

自分を殺そうとした母は、刃を向け泣きながら叫んだ。心を切り裂くような鋭いそれも、不思議と菫子の凪いだ心を揺らすには至らなかった。

珂祥伯爵の正室として、母は苦悩し足掻いたのであろう。けれど、それは虚しい努力だったに違いない。それは、母の手元で育てられている弟妹の母が、全て異なる事実が示している。漁色家の父は跡継ぎを求める名目で次々に妾を持ち子を産ませては、母に養育させてきたのだ。

（……薄情よね、わたし……）

他人事のように思う菫子は苦笑いを浮かべた。

菫子は、ふと氷桜の視線を感じる。灰の双眸を向ける美貌の男に、菫子は自嘲しながら呟いた。

「なんとなくそんな気はしていました。私は、お母様の子ではないと」

　血が繋がっていない事が分かり母の冷たい仕打ちも態度も、不幸を呼ぶと忌み嫌われ、果ては殺されそうになった事も受け入れられる。愛されなかった自分を、実の子ではない故というなら諦められる。

　どこかに実の父母がいて、自分を温かく迎えてくれるのではないかと空しい夢想をした日々もあった。それすらも止めて久しい。望んでも得られる事はなく、手を伸ばしても届く事はなかった。そのうち何を求めていたのかも忘れてしまった。

　諦めて、こころを閉ざす事を覚えた。そうすれば、傷つかなくて済むから。つらいと感じずに済むから。

　菫子は遠くを見る。その横顔を氷桜は沈黙のうちに見つめ続ける。

「諦める事には、慣れすぎていて」

　さらりと風に遊ぶ黒曜石色の髪、一房を手で梳いて答える菫子の表情は、年頃の娘には似つかわしくない達観したものだった。

「あなたは、何者なのですか。……皆に、一体何をしたのです」

　真正面から氷桜に相対し問うと、氷桜は「ふむ」と呟いて首を傾げる。

「お前はもう気づいていよう？　俺の正体に」

「あなたは、あやかしです。……人ならざる存在です」

菫子が紡ぐ重くも確かな言の葉に氷桜は頷き、事も無げに応える。

「その通り。俺は人にあらず。故に人ならざる術を用いた。……それで足りるだろう？」

「足りません……！　足りるわけが、無いでしょう……！」

咄嗟に菫子は叫ぶ。多少の事では動じぬように、心を抑えて生きてきたが、思わず叫んでしまった。今の言葉に、頷ける人間がいるならば顔を見てみたい。

今起きている不可解な出来事に混乱し、心は定まらぬ天秤のように揺れている。

（……揶揄われて、いるのかしら……？）

菫子は訝しく思って氷桜を見つめるけれど、氷桜の怜悧な顔に冗談や揶揄の色はなく、素直に答えているようだ。

妖しい美しさを誇るこの男の気性は、実は朴訥としているのだろうか。それとも、これが人とあやかしの道理の違いなのか。

心の導火線に火がついた菫子は感情任せに言葉を紡ぐ。

「私が婚約したのは、唯貴様です！　貴方ではありませんっ……！」

みっともないと、八つ当たりだと知っているけれど止まらない。人ならざるものに人の理を求めるのは間違いだと気づいてはいるけれど、混乱した心は簡単には収まらない。捻じ曲げられた真実を許せそうにない。

「知らぬ」

氷桜は苛立つ菫子の言葉を一刀両断し、肩を竦めると静かに背を向ける。肩越しに振り返り、淡々とした声音で呟く。

「お前は、俺のものになると了承した。……故に迎えに来た。それだけだ」

「はあっ⁉」

「……また来る」

怒りとも驚愕ともとれない菫子の叫びを背に、氷桜はそう言い置いて東屋(あずまや)から姿を消す。身動き出来ず、唖然とする菫子を残して。

(わたしが、あの男のものになると、了承した……？　まさか、あり得ない、どういう事？)

菫子の脳裏を占めるのは疑問の言葉ばかりである。

(いつ、あの男のものになると頷いた？　あの男のものになるのを、了承したの？唯貴様という婚約者がありながら？)

そのような記憶は、菫子の中には欠片もない。

そもそも邂逅(かいこう)したのはつい先日、あの夜の事である。あの修羅場で、如何(どう)にしたらそのようなやり取りが出来たというのか。衝撃が大きすぎて、記憶が抜け落ちているのか。いや、断じて違う。

菫子の脳裏は平素、凪いだ海のように穏やかであり、滅多な事では揺らがないが、今は大荒れの海だ。菫子の脳裏を占める感情を、正しく言い表すならば。

(ああ、珍しい。わたし、怒っているのだわ。どうして、わたしこんなに……)

こんなに素直に感情を吐露するなど、怒りを誰かにぶつけるなど、今まで無かった。閉じた世界に侵入したあのあやかしは、自分にとって一体どんな意味があるというか。そして、不思議と懐かしいと思う理由は……

暫し大しけの海のような怒りに震えたが、突如ある可能性が閃く。

(まさか)

ぴたり、と動きを止めた菫子だったが、その手を無意識のうちに胸元――守り袋に添える。

(まさか、よね……?)

もはやその言葉しか浮かばない。白磁の頬に一筋の冷たい汗が伝う。

(これが。……あの『華』が、まさか……?)

あやかしが来ると、確信させてくれたもの。幼き日の微かな記憶。そこから閃いた可能性に口の中が、からからに渇く心地がする。

(気のせい、よ。気のせい……)

そうであってくれと願いを込め、菫子は必死に繰り返すのだった。

それから一日開けた翌日の昼、沙夜を伴った菫子の姿は銀座にあった。

特に目的のない散策を正しく表現するならば現実逃避である。

ショウウインドを双眸に映しながら、その顔には何の感情も浮かんでいない。明るい青色のぼかしの地に季節の花々が描かれた着物は、菫子をうつくしく見せてくれるというのに、纏う雰囲気はあまりに重く悲痛である。

並べられる流行の品や舶来の品は美しく珍しいものばかりで、確かに目を楽しませてはくれる。だが、全く気は晴れない。行き交うモダンガール達の晴れやかな笑顔が羨ましい。

寝て起きたら全ては夢であった……と元に戻っている事を期待したが、虚しい願いだった。

無論、皆変わってしまったままだ。父に至っては祝言の準備をそろそろなどと言い出しているから、目も当てられない。

父のその言葉を聞いた後、気が付けば屋敷から出ていた。屋敷の皆も婚礼に向けて浮足立っていて、居心地は更に悪い。それに、また来ると言って去ったあの男がいつまた訪れるか。とにかく屋敷にいたくなかった。

ただ、こうして出てきたが、何時までも帰らないわけにはいかない。遅くとも、日が暮れるまでに戻らねばならない。わかっていても、屋敷に帰る事を考えると心が重い。菫子の花のような唇から零れるのは溜息だけである。

そろそろフルウツパーラーにでも行くかと考えていた時、ふとショウウインドの中のある商品に目が留まった。

（ああ、あのリボン可愛いわ。薔子に似合いそう）

買い物といって出てきた手前もある。土産に買って帰ろうかと店の入口へ向かおうとした、その時である。

ぐい、と不意に腕を引かれた。飛び出しかけた叫びは、次の瞬間聞こえた声に飲み込まれる。

「菫子！」

「……唯貴様！」

人差し指で声を抑えるようにするのは、紛れもない刀祇宮唯貴殿下である。装いはお忍びだからか平素より幾段か質素だが、間違いなく菫子の本来の婚約者であった。

唯貴は沙夜が続けてショウウインドに気を取られているのを確認し、菫子を物陰に手招く。物陰に身を潜め二人は揃って深く息をついた。そして周囲を見回し誰も来ない事を確認しつつ、唯貴は安堵したように話し出す。

「菫子は菫子のままみたいだね……。しかし、一体何が如何なっているんだ……」

「……唯貴様は、変わっていないのですね！」

唯貴の言葉は、彼が菫子と同じ真実を有している事を示す。それを聞いた菫子の瞳に希望の光が灯る。唯貴は破顔しながら続けた。

「当然だ！　……と言いたいところだけどね。君と会うまでは自信が無くなりそうだったよ」

唯貴もまたこの奇妙な二つの真実に悩まされたようだ。微笑みを浮かべていても、何時もの穏やかさは若干成りを潜めており、隠しきれない焦りと苛立ちが滲んでいる。

（こんなに余裕のない唯貴様は、初めて見る……）

「まさか、あの場にいたあの男が……君の婚約者、とは」

苛立ち交じりの溜息をつく唯貴に、菫子は蒼褪めた表情で事実を伝える。

「あの男、人間ではありません」

「……だろうね。……あの現場を見たなら信じるしかないよ」

唯貴はあの夜の氷桜の姿を目撃している。人ならざる妖しさのあるあの姿を。

「……あの男は、珂祥夫人を殺した可能性もある」

あの夜、菫子が気を失ってしまった後の事だろう。母はよろめきながらも立ち上がり、唯貴達が止めるのも聞かず立ち去ったという。手傷を負った女人にはあり得ぬ速さて、沙夜が離れの外まで追いかけたが、見失ってしまったとの事だった。

そして、翌朝亡骸が見つかった。数多の傷を負った惨たらしい、人の手によるものとは到底思えぬ姿で。

更に二つの真実が存在する事態が起こった。あの男を人ならざるものと思うのは当然の事、むしろ人と思えという方が無理である。

「神久月氷桜。帝国陸軍少佐、神久月子爵家の当主。……らしいね」

「私、そんなお家は知りません」

「奇遇だね、僕もだよ。……でも、皆の中には存在している。神久月家も、あの男の事も」

数多の人間の記憶を書き換え、嘘を現に変えてあの男は現れた。どんな存在なのか、どれほどの不可思議な力を有しているのか、今は分からない。

唯貴は一瞬、躊躇うように沈黙したけれど、すぐに意を決して続ける。

「そして腹立たしい事に、あの男との婚約は、もう既に帝のお許しが出ているんだ」

「……嘘……」

菫子は眩暈を感じた。お許しが出ているという事は、つまり菫子は、明日嫁ぐ事になってもおかしくないという事である。

菫子がふらりとよろめき、唯貴は慌てて支えるように腕を伸ばす。礼を述べつつ、菫子はその腕に縋るように立つ。

事態は風雲急を告げる状態で、菫子にとって味方と言えるのは唯貴一人だけ。一番近しい沙夜ですら、あの男の術中に落ちている。人ならざる者を相手にするにもかかわらず、屋敷の中に心許せる存在が無い事に菫子は蒼褪める。

それを見て何かを察したのか、唯貴は言葉を紡ぐ。

「沙夜に、あの指輪を見せて。きっとあれが証になる。僕らの言う事を信じてくれる」

指輪と言われて菫子の脳裏に紅い煌めきが過る。あの夜、唯貴が手ずから嵌めてくれた薔薇の指輪は、証となってくれるのだろうか。

（でも、試してみるしかない……！）

ふと、沙夜が菫子を呼ぶ声が響く。菫子の姿が見えぬ事に気づいたのだろう、その呼び声には心配そうな響きがあった。

菫子が声の方に眼差しを向けると、この辺りが限界だねと唯貴は悔しげに呟く。けれど、すぐに菫子を力づけるように言った。

「君が、あの男の婚約者と呼ばれるなんて腹立たしくて仕方ないよ」

唯貴の声音には苛立ちが混じる。それでも努めて落ち着いているように見せ、菫子を気遣っているのが感じ取れた。

「でも、あの男の目的と正体を探り、必ず真実を暴くんだ。必ず、君を僕の妻に迎えてみせる」

唯貴は菫子の白い手をとり、甲に口付けを落とす。物語の騎士を思わせる仕草に、菫子は我知らず白磁を赤らめた。

（御伽噺（おとぎばなし）の王子様だわ……）

このような状況でも、この方はやはりと思う。変わらぬ唯貴に安堵しつつ、胸の鼓動は速くなる。

菫子を呼ぶ沙夜の声が、一際大きくなる。「行って」と仕草だけで伝える唯貴に視線で応え、声の方へ走り出す。

「……そう、僕は必ず菫子を妻に迎えてみせる。……お前の思い通りになんて、させてたまるか……」

暗い物陰に残された唯貴の呟きが菫子に届く事はなく、暗闇に溶けて消えた。

第五章　真実に揺れる

唯貴との新たな約束から一夜明け、次の日の朝。

「行ってらっしゃいませ、菫子様」

珂祥伯爵家の正門前にて沙夜に送り出されて、菫子は車に乗る。その表情は幾分明るい。

昨夜、菫子は帰宅してから意を決して沙夜に真実を話した。沙夜は始めこそ中々受け入れられなかったが、唯貴から贈られたあの指輪を証として見せたところ、その輝きに背を押されたように沙夜は強く頷いたのだ。

『分かりました、菫子様。沙夜は菫子様のお言葉を信じます。真実を明らかにするお手伝いをさせてくださいませ』

(沙夜が信じてくれて良かった……)

唯貴以外にも味方を得られて嬉しかった。この不可思議な事態について、胸の裡を零せる相手が出来たのだから。

あやかしが婚約者として現れたあの日から、はや数日。今のところ、あの男の来訪はない。故に、少しだけ安堵して菫子は学び舎へ出発した。

女学校は何時も通り。向けられる畏怖の眼差しと雀の囀り(さえず)は変わらない。

違うのは、その囀り(さえず)から唯貴の名が消えた事ぐらいであろうか。代わりに聞こえてくるのは氷桜の名前。

菫子は全力で無視を決め込む。雑念を打ち払うために授業に集中すると、あっという間に放課後がくる。屋敷に帰るのは憂鬱(ゆううつ)だが、それでも今は沙夜がいてくれる。帰りが遅くなれば心配させると、速やかに帰途についた。その時。

（何も見なかった……事にしたい）

菫子は海老茶の袴を翻して、その場で回れ右をしたかった。良家の子女にあるまじき全力疾走で、遠く離れた場所に行けたならと思う。しかし、現実はそうさせてくれない。

（ああ、頭が痛い……）

そこにあったのは、婚約者の姿である。屋敷に訪問がないから安心していたのに、まさかの奇襲である。足が地に縫い留められたように動かず、顔も能面の如く固まってしまう。

よりにもよって、一番目立つ校門の前に、陸軍将校の軍服に身を包んだ男が立っている。しろがねにも見紛(みまが)う灰の髪を持つ流麗な男は、令嬢達のきらきらと好奇と憧憬に満ちた眼差しを気にする事なく、そこにいるのだ。

男の美貌に夢みがちな乙女は色めき立ち、誰に御用かしらと興味津々に囁きあう。

それを聞いて、そうね、誰に御用かしら、と……虚しく呟いてみる。

そう、自分以外の誰かにご用であって欲しいのだ。あんな衆目を集める男に声など掛けられずに、何時ものように家へ帰り、沙夜に茶でも淹れてもらい、平穏な時間を過ごす……

「菫子」

そう、それは儚く虚しい願い。分かっていても、それに縋りたい事はある。

男の口から自分の名が出ると、囀りが大きくなった。「逢引だわ！」「なんて大胆なの！」「あの不幸の菫子さまを！」と、周囲の囁きはもはやどよめきの域に達している。

儚き願いが打ち砕かれたのを知った菫子は、沈鬱な眼差しを男に向ける。

(頭が痛い……更に痛い……)

「……何の御用でしょうか」

「御用も何も。迎えに来ただけだ。少し歩くぞ」

美貌の婚約者こと氷桜は「ついてこい」とでも言うかのように歩き出す。残された菫子は、好奇と羨望に満ちた数多の視線が背に突き刺さるのを感じていた。

（無視して帰ってやろうかしら）

半ば本気でそう思っても、一先ず相手について探ると、唯貴と沙夜に約束した事を思い出す。突き刺さる視線から逃れるように、菫子は足早に氷桜の後を追った。

氷桜が向かった先は、女学校から程近い花々が咲き誇る公園だった。さらさらと聞こえてくるのは、小川のせせらぎだろう。

氷桜の歩みは、やや緩やかになっている。追い付いた菫子は、足を止め低い声音で言葉を絞り出す。

「……もう逃げませんから。学校にいらっしゃるのは控えて頂きたいです。……後生です」

毎度あの騒ぎでは心が保たないと、菫子は男に懇願する。

「……？　お前がそう言うのならば控えよう」

少しだけ怪訝な色を表情に宿した氷桜は足を止め、思案した後に首を縦に振る。だが、恐らく菫子の願いを欠片も理解していない。

（分かっている、分かっているわ。相手は人ではないのよ。人ならざるものに、人の理を求めるのは間違いなの）

けれど、菫子の心の揺らぎは止まらず、心の裡に燻っていた怒りの熾火が再び燃え始めた。それでも、努めて冷静な声で話そうとする。

「貴方が人ではないのも、あやかしであるのも分かりました。……でも、もう少し情報をください。貴方について教えてください」

(落ち着いて、落ち着いてわたし)

話す内に熾火(おきび)はめらめらと音を立てて燃え盛る。怒りで暴走しそうになるのを、必死で留める。しかし。

「そもそも！　貴方は言葉が足りなすぎます！」

努力は実を結ばず、結局大きな声を出してしまった。男への怒りで火柱が立ち上り、叫んだ勢いで頬を紅潮させたまま肩で息をする。

氷桜はほんの僅かに目を丸くし、首を傾げて見せる。暫し沈黙し思案していたが、やがて「わかった」と言いながら頷いた。氷桜は静かに語りだす。

「俺は、『付喪神(つくもがみ)』と人間が呼ぶ存在だ……一応は」

「一応？」

(自分の事なのに？)

菫子の顔に現れた疑問を認めつつ、氷桜は言葉を続ける。

「そもそも付喪神は、器物が作られてから百年後に生じるあやかし。……しかし、俺と同胞達は、わずか七年で付喪神として顕現した。詳しい理由は分からないが、どうやら俺達は規格外らしい」

百の歳月を要するものが七年で生じたというならば、規格外と呼ぶに値するものであろう。一応などと言いたくなるのも腑に落ちる。或いは、氷桜も己について思うところがあるのかもしれない。

氷桜は軽く肩を竦め更なる言葉を紡ぐ。

「俺達は『石華七煌』と呼ばれている」

「石華、七煌……」

七人いるからな、と氷桜がぽつりと添える。

（いや、多分それだけじゃないと思う。名の由来は別のところにある気がする）

氷桜の手に、ふわりと光が生じる。集った光が眩い輝きを残して散じると、そこには一振りの懐剣があった。

柄には金と銀の繊細な曲線が象嵌され、七宝によって、桜の花びらには小さな貴石が一つ一つ施されている。

細工はこれ以上ないほど美しいが、それに勝るとも劣らぬ美を持つのが刀身である。

虹の光彩の如く輝き七色の光が焔のように弾け踊る。かつて母の宝石箱で金剛石の指輪を見たが、あの輝きに似ていながら異なるものだ。よくよく見ると刀身にも桜の意匠が刻まれている。緻密で華やかな雰囲気は、和の桜を意匠としていながら異国を思わせるもの。

そして、目を奪って離さないのは、玉石から作られたと思しき、刃の輝きである。

妙なる輝きを持つ石から作りあげられ、華を主題とした品の付喪神。だからこそ、彼らは『石華』と呼ばれるのだろうか。

（きれい……）

魅入られ言葉を失う。これまで装飾品を見る機会は数多あれど、この懐剣は別格と言っていい。氷桜がこの懐剣の付喪神であるならば、これほどまでに美しいのも頷ける。

その輝きが菫子に与えたのは感銘のみではなかった。

（なつかしい……？）

菫子の胸が波打つ。波は一つまた一つと増えていき漣となる。脳裏に次々と浮き上がる言の葉達。

（しっている……。そう、わたしは、しっていた……！）

私は、知っていた、この輝きを。

——この七の刃の刀を。

「此れが、俺の本体だ」

氷桜の声で何かが弾けて、菫子はふと我に返った。白磁の頬には汗の玉が伝い、何時もより鼓動が速い。

（……わたし、今何を？）

何が起きたのか、菫子は心の裡で問うたものの答えは分からない。

呼吸を整え、胸を落ち着けようとそっと押さえる。今しがたの漣が嘘のように、鼓動は静まっていく。氷桜は菫子の一瞬の変化には気づかなかった様子だ。

「他の奴らは櫛や簪や……まあ色々いる」

「色々って……」

仮にも仲間を色々ですませるとは如何なる事か、やはりこの男は言葉が足りない。

菫子は、そう言うつもりだったけれど、どうせ返ってくるのは足りぬ言の葉と、諦めた。喉まで出かかった言葉をそのまま飲み込んだ。

「分かりました。……全然隠さないのですね」

「お前が話せと言ったのだろう？」

「言いましたけど……」

あまりにも包み隠さず語る男に言葉を濁す。

あやかしにも理やしきたり、人には秘密にせねばならぬ事もあろうと思っていたのだ。確かに話せと言ったのは自分だけれど、ここまで包み隠さず語られれば、逆に気まずい。

（調子が狂うわね……）

あやうさすら感じる見た目とは裏腹に気性は実直で素朴だったり、翻弄（ほんろう）してきたと思えば、あっさりとこちらの言う事に従って見せる。

菫子は思う。この男は本当に不思議な男だと。

目の前の男に調子を崩されつつも、菫子は重々しい声音で問うた。

「何故、私なのですか」

氷桜のものになるのを了承した故に迎えに来たと言われても、到底受け入れられない。氷桜はゆるく首を傾げながら問いを返す。

「……覚えていないのか？」

（そんな事を言われても）

覚えているも何も、そもそも菫子には心当たりがないのだ。そう言おうとして、ふと動きを止めた。

（本当に……？）

菫子の手が添えられているのは、胸元。守り袋を忍ばせているところである。

氷桜が婚約者として現れた日、まさかと過った考えを思い出す。

唇を引き結び沈黙したまま氷桜に背を向け、着物の合わせからそっと守り袋を取り出す。そして、再び氷桜に向き直り、守り袋を逆さに振ると、菫子の手にあの輝石が転がり出る。

「思い出したのか」

氷桜が僅かに目を細める。

「いえ、そうではなくて……」

(この石、もしかして……)

先を紡ごうにも、菫子の唇は滑らかに動いてくれない。

それを静かに見つめていた氷桜は、菫子の華奢な掌にある石に手を翳す。

――きら、きらり。

輝石の煌めきが増したのを、初めは気のせいかとも思ったがそうではない。

――きらり、きらり。

菫子の掌の上で、石は見る間に眩く煌めくようになる。誘うようなその光は美しい。

眩くも優しい輝石の光は、菫子の記憶の扉を静かに開いたのだった。


あれは菫子が六歳の頃の事。

小さな菫子はあどけなく幼子らしい、無邪気で活発な娘であった。

大好きな桜の着物を着て、散歩を許されたある日、悪戯心を起こしてばあやを撒いて一人で散策していた。円らな瞳に映るのは、きらきらと輝く水辺や色とりどりの花々。桃のような頬を撫でる風は温く気持ちが良い。とにかく歩いて回るのが楽しくて、知らぬ道にもかかわらず菫子は上機嫌で歩を進めたのだった。そうして、あるところから、ふと景色が変わる。

そんな時だった。ふわり、と風にのって目前に一枚の桜の花びらが舞い落ちたのは。桜は、とうに終わってしまった時分だったので、不思議に思った。まだ花をつけている桜があるのだろうかと、目を輝かせた菫子は更に歩みを進めた。

そして、ほどなくして菫子は足を止めた。

そこは、この世のものとは思えぬほどに美しい、水辺にある千紫万紅（せんしばんこう）の花園。狂い咲いた桜の花吹雪に彩られた場所で、小さな菫子は見つけたのだ。

人にはあり得ぬ美しさを持つ男――氷桜を。

人の世には許されざる情景、花筵（はなむしろ）の上で無防備な姿で横になっていた氷桜に、好奇心旺盛だった菫子は畏れる事なく近づいた。

『こんにちは、きれいなおにいさま』

氷桜は突然声をかけられて僅かに身じろいだものの、さして驚いた風ではなかった。陽を透かすとしろがねに見える灰色の髪を、ゆるりと揺らしながら半身だけ起き上がると、感情のこもらぬ透明な灰の双眸を、菫子へ向けたのだ。

『……お前は、人の子か』

『とうこ、と申します』

幼子だった菫子は何を問われたのか分かっておらず、元気に名乗った。氷桜はというと、心の裡を読ませぬ双眸で見つめていたが、独り言のように言う。

『人の子が、此処に入り込むとは、おかしな事もあったものだ』

ふむ、と首を傾げる氷桜は暫しの間、無言であったが、まるで菫子の魂を見透かすように目を細める。そして、何かに気づき灰の双眸を瞬かせ得心がいったという風に頷いて見せた。

『ああ、お前は刀奉じし血の……そうか、お前……核石か』

『……？』

当時の菫子は男が何を言っているか皆目見当が付かなかった。それでも自分を見てくれた事が嬉しくて、菫子は陽光の如く輝く笑みを浮かべたのだった。

その後、彼の鉄面皮とも言える表情が崩れる事こそなかったものの、氷桜は菫子の遊びに付き合ってくれたのだ。子供のままごとに目を細めて付き合ってくれただけではない。

幼い菫子を抱き上げ、不思議な力で手品の如く美しい光景を見せてくれた。宙にかかる虹を映す水の橋、空飛ぶ透明な魚、様々な色に転じる花々。光で織られたような翅を持つうつくしい蝶が手に留り、次の瞬間、虹色の花びらが舞った。菫子はその一つ一つに大喜びで手を叩いた。

楽しい時はあっという間に過ぎるもの。気がつけば夕暮れ、空は茜に染まろうとしていた。

『そろそろ、かえらなければならないです』

色を変えた空を見上げる菫子の稚い顔には、哀しげな色が宿る。巣へと帰る鳥が飛び行く様子を見上げながら、氷桜は頷いた。

『そうか。……そろそろ、道が閉じる。帰るなら今だな』

『……でも、おにいさまとおわかれするのは、さびしいのです』

菫子にとって氷桜と過ごした刻はあまりに美しく楽しい時間で、瞳が知らず知らずのうちに潤む。

暫しの間、寂しげな沈黙が満ちたが、それを破ったのは氷桜である。思いついたという風に菫子に問いかける。

『そうか、……ならば、俺の嫁になるか？』

突然の求婚の台詞であった。氷桜には畏まった様子も緊張した様子もない。あくまで静かに、それまでと何ら変わらぬ口調で、氷桜は菫子に問うたのだ。

問われた方は一瞬きょとんとして首を傾げたけれど、次の瞬間には満面の笑みを浮かべて頷いた。

『はい！　とうこは、おにいさまのおよめさんになります！』

その言葉を聞いた氷桜の灰色の瞳が、僅かに優しい色を宿す。頷いて氷桜が手を宙空に差し出すと、眩い光が掌に集まる。あまりの眩さに菫子が思わず目を伏せて、もう一度開いてみれば。

それはそれはうつくしい『華』が氷桜の手にあるではないか。

『ならば、此れは証だ、持っていると良い』

虹の煌めきを集めて水晶に閉じ込めたような輝きを放つ、不思議な色合いの宝石で出来た華は、幼い菫子を瞬時に魅了した。菫子が礼を言って受け取ると、華は眩く光り、そして……

菫子の記憶は、そこで一度途切れる。

次の記憶は、大声で泣くばあやに抱きしめられているところから始まる。

ばあやによると、水辺の花畑の中、すやすやと眠っているところを屋敷の人間に発見されたらしい。一大事となっていたようで、帰った後、父に大目玉を喰らった。

その翌朝、目覚めた時には、妖しいほどに流麗な美貌の男の記憶は、菫子の中から消えていた。昨日は花畑に迷い込み眠ってしまったのだと思っていて、手の中にいつの間にか存在した輝石を不思議に感じたものである。

（……ああ、思い出した……！）

確かに思い出した。紗がかかったかのように朧気だった記憶が輪郭を確かにした。

実に形容しがたい表情を浮かべていた菫子は繊手で顔を覆ってしまう。

（小さかったとは言え、わたし何て事を……）

菫子は力が抜けてその場に膝をつき、それを見る氷桜の眼差しにはやや怪訝な光が宿る。男の変わらぬ表情を見上げながら、菫子は呻くように言った。

「……道理のわからぬ幼い子供に求婚するのを、おかしいとは思わなかったの……？」

「……おかしいのか？」

（駄目だわ、通じない）

こちらの意が通じないのは、相手が人の理が通じぬあやかし故か。いや、それは違う。恐らくこの男故だ、そうでなければ、他のあやかしに礼を失する気がする。

「確かに、『あんな年端もいかぬ童女に華を渡すなぞ、何を考えているのか』とか、『あんな子供に……？』とか言ってくる奴等はいたが……」

「当たり前です」

「だが、与えた相手が少しばかり幼かっただけであろう」

怪訝そうな菫子に、氷桜は簡潔に言う。

「……。……そうですか」

些か簡潔過ぎる答えに苛立った。言葉を飲み込むまでに沈黙を要し、菫子の柳眉が更に寄る。

このままでは袴が汚れると、菫子は何とか気を持ち直して立ち上がろうとする。それに手を貸しながら、氷桜は更に続ける。

「お前に与えたのは、縁華石と呼ばれる石から出来た、縁の華だ」

きらきらと陽の光を受け、縁華石は輝く。あの日、菫子が幼き手で受け取ったままに美しい。

「俺達――石華七煌は、伴侶と定めた相手に、縁の華を渡す。それは、添い遂げる意志であり、伴侶に同じ刻を生きる力を与える」

（……なんという事なの……）

つまり、この男は幼いとはいえ自分に本気で求婚した。その証として、あの華……守り袋に入れて持っていた輝石を渡したのだ。

あやかしが命を狙うための目印だと信じていた『石』。それが、あろう事か嫁になる事を承諾した証であったという事実に眩暈がする。泣いて怖がった時を過ぎ、諦観と共に待った日々。沙夜のうそつき、と心の裡で呟いてみるけれど、あやかしの嫁になるというのは、ある意味、人としての生を終える事なのかもしれない。

「そんな大事なものを、その日出会ったばかりの、しかも幼子に……」

咎める言葉は弱弱しく、結局は口籠ってしまう。

あやかしにとって添い遂げる事は、かくも簡単なものであるのかと、可愛げなく思ったりもしたけれど、頬に熱と紅を自覚する。添い遂げる意志を渡したと言われて平静でいられない事を認めたら、それではまるで……と唇を噛みしめた。

突然こんなに心が乱れるなど、自分は一体如何したというのだろう。

（わたし、おかしい……）

本来の婚約者である唯貴に感じる胸を照らす眩さとは違って、石を乗せる掌すら熱を帯びた気がしている。

蘇った記憶に菫子の心は泣いたり叫んだりと翻弄され通しだった。静かな日々が遠くに感じる。それはこの男故なのか、はたまた。

（どうしたらいいの……）

もう何を思えば良いのかと盛大に嘆息する菫子であったが、何とか立て直そうと話題を変えようと思った。呼吸をひとつ、ふたつ。自分を落ち着かせるように大きく息をして、菫子は新たに言葉を紡ぐ。

「そういえば……貴方は、私とお母様に血の繋がりがない事を知っていたのですか」

何かの拍子にふと疑問に思ったのだ。

『仮とはいえ我が子を殺めるか、人とは斯くも愚かな生き物なのか』と氷桜は言ったのだ。それはつまり、菫子と母が仮のものであると知っていたという事ではないか。

氷桜は事も無げに頷く。

「お前とあの女では血が違う。あの女にはお前のような、凶きものを滅する血は流れていない」

「血？　凶きもの？　私にそんな力なんて……」

「ある」

菫子は、そんなものなどないと告げようとするが、氷桜の短い肯定の言葉に断じられてしまう。そして氷桜は、ただ扱えていないだけであると言い添えた。

菫子は憮然とする。

（そんな力があるなら……どうして今まで現れてくれなかったの。もしもそんな力があったならば、助けられる人達がいたかもしれないのに……）

唇を噛みしめる菫子に、氷桜は何もない宙空を見据え、更なる言の葉を紡ぐ。まるで、そこに何かが在るかのような様子である。

「凶きものは、もともとはあやかし。多くの血と呪いの念を吸った結果、堕ちたなれの果てだ。災いをもたらす……今のお前は、そんな凶きもの達の恰好の的。……力があれども、扱えぬお前を狙って、凶きものが時折飛来した」

菫子の脳裏には過日の出来事が蘇る。これまで実に数多くの災難に見舞われてきた。

周囲の者が大きな被害を受けるほどに。けれど、菫子だけは傷一つ負う事なく無事であったのだ。

（……まさか）

闇色の瞳を軽く見開いて氷桜を見た。眼差しが氷桜の灰色のそれとぶつかる。視線が交錯し氷桜はゆっくりと頷く。

「俺はその都度、お前を守ってきた。緑華石はお前を守り、お前の危機を告げた」

淡々と告げる氷桜を見つめながら、菫子の柳眉が寄る。

（そう、確かに無事だったわ。……わたしだけは）

けれども、自分の周りの人々はただ巻き込まれ、悲惨な目にあってきたのだ。

「で、では。では何故、他の皆は助けてくれなかったのですか！」

「……何故、お前以外を助けねばならない？」

声を震わせる菫子に対して、氷桜の声は淡々としている。至極当然の事だと言わんばかりである。

目の前のこの男にとっては、それこそが当たり前なのだ。菫子以外の人間を助けるなど意味がない。災いがあっても菫子さえ無事ならば、他の人間など如何（どう）なろうと些事なのである。

それが、この男の理（ことわり）。人とはかけ離れた、あやかしであるこの男の行動の指針。

心底不思議そうに言の葉を返す男の灰の双眸は、そう告げていた。

董子は言葉を失う。喉がひりつき、言葉が形になって出てこない。それでも何とか絞り出し、震える声で尋ねる。

「……まさか。……私にご縁を申し込んでくださった殿方を、追い払うような真似をしたのも……」

その凶きものの仕業だったのか。男性達は死ぬより辛い目に遭ったり、結果的に命を落としたりもしている。

続きを紡ごうとした時、氷桜の唇から紡がれたのは、事も無げな言葉だった。

「其れは俺だ」

「は？」

董子の声が固くなる。

（この男は、今何と言った？）

それは俺だ、と言った気がした。

つまり、ご縁を申し込んでくれた殿方を追い払ってきたのは……と思案する。答えはそこにあるのに、認めたくない。董子を見据えたまま、氷桜は肩を竦める。

「俺の物に手を出そうとされて、愉快なはず無かろう。だから追い払った」

殺してはいない、と続ける氷桜の声は届かない。

「……何故か、あの男にだけは、力が及ばないのが腑に落ちなかったが」

恐らく、あの男とは唯貴の事だろう。菫子に心を寄せてくれた男性の内、不幸に見舞われなかったのは彼だけである。何故と気になったけれど、彼の人には何事も起こらなかった。婚約話が持ち上がってすぐに母君が亡くなられて、まさかと思い自分を責めたが、唯貴は必死に違うと慰めてくれた。

菫子は蒼褪めて、肩が、身体が微かに震え始めている。低く昏い声を絞り出しながら、漸く言葉を紡ぐ。

「……つまり、私の周りの人達がなす術もなく不幸に見舞われたのは」

――諦めと共に生きてきた。

父母からは疎まれ、弟妹からは嘲笑われ、人々からは畏怖されて。

望んでも愛される事は無く、何時しか愛する事も諦めた。心を寄せる人々がいても失う事に怯え、自分の死を願いすらして生きてきた。

「……ご縁を申し込んでくださった方々が、次々に不幸に見舞われたのは。……貴方の所為であったと……？」

――諦める事に、失う事に慣れすぎていた。誰かを恨んでも仕方のない事だからと、理由を問うても詮無き事であると自分に言い聞かせて。

そう、それは誰かの所為ではないと思っていたから。けれど。

「まあ、間違ってはいないかもしれないな」

氷桜は、あまりにも簡単に肯定してのけた。

菫子は俯いた。冷たい汗の玉が一滴、頬を伝って地に吸い込まれていく。

自分を取り巻く全ての出来事、不幸は、目の前の男が引き起こしていた事であったという。

男は菫子を守ろうとした。菫子の害となる凶きものを排除した結果、周囲に被害をもたらしたけれど、それを気に掛ける事も胸を痛める事もない。己の物である菫子さえ無事であれば、それで良いのだ。

(ああ、やはり、この男は、やはり人ならざるもの)

人の心など、人の苦しみや痛みなど気にも留めない。ただ己の心のまま、理(ことわり)のまま生きているのだ。

(……化け物、だ……)

胸に生じた鼓動の分だけ、頬に宿った熱の分だけ、こころが寒くなる。

そもそも人ならざる者に何を思ったのか。この男に何を感じたのか。人の理(ことわり)も心も通じない相手に何を期待していたのか。

全く愚かな事と、菫子は自分をそしり笑う。

一歩、また一歩と距離を取る菫子を、怪訝な目で見ていた氷桜は離れた距離の分、歩み寄ろうとする。

「……こないで」

どこから響いたかと思うような、低い声だった。呻くように絞り出す声に、氷桜の動きはぴたりと止まる。

「私を、孤独の淵に落として……。弟やお母様を奪って……」

「……何の話だ？」

「とぼけないで、お母様達を殺したのも貴方なのでしょう！」

僅かに眉を寄せ問いかける氷桜に返ったのは、激するままに放った菫子の叫びだった。それは空気を切り裂いたように鋭い。

次の瞬間、菫子は縁華石を男に投げつけて、再び叫んだ。

「あなたの顔など、もう見たくない！　もう、わたしの前に現れないで……！」

菫子の心を占めるのは、暗く激しい怒り。そう、怒りのはずだ。なのに何故。

(何故、わたしは泣いているの……？)

あやかしに、人の理が通じなかったというだけだ。当たり前ではないか、本来分かり合う事など叶わぬ存在なのだから。それなのに、自分は何を悲しんでいるというのか。

答えなど出ないまま、泪がとめどなく伝う。

そして、その透明な雫を目にして初めて、氷桜の端整な顔に戸惑いが浮かぶ。

視界の端に動揺の欠片を捉えながら、菫子は踵を返して駆け出した。良家の子女として褒められた行いではないとしても、そんな事はもうどうでも良かったのだ。

(一刻も早く、この男のいない場所へ行きたい)

その心だけで、菫子は駆け続けた。

氷桜は消えていくその後ろ姿を見ながら、その場に佇むのみであった。

第六章　触れ合う想い

あの日、帰宅して以来、菫子の頬は涙で濡れ続けたままだった。次から次に溢れてくる悔しさ哀しさ憎らしさなど形容しがたい心情に雫は尽きず、随分と沙夜や薔子を心配させてしまった。

あれから幾日か経ったが、氷桜が屋敷を訪れる事はなかった。沙夜に茶を淹れてもらい、離れを訪れる薔子と他愛ない話をする。そんな風に日々は平穏に過ぎていき、菫子の心は少しずつではあるものの緩やかに戻ろうとしていた。

しかし、その日の午後になって事態が転じる事となる。

(頭が、痛い……)

菫子は、軽い頭痛に襲われていた。

昼餉の後、父に母屋に呼びつけられた。

「見事なものだろう？　お前の嫁入り道具だ」

(ああ、倒れてしまいたい……)

何とか気力を振り絞り父の自慢とも思える話を聞いているが、今にも足元が崩れそうな脱力感を覚える。

　母屋の一室に所狭しと置かれていたのは、煌びやかな道具の数々。所謂、嫁入り道具の数々である。遠ざけていた娘とはいえ、名門伯爵家の長女の婚礼。伯爵としての面子というものがあり、粗末に送り出すなど以ての外……という事らしい。ここにある品々は、そんな父が伯爵家の威信にかけて用意したものだろう。

　桐の婚礼箪笥に、見事な着物の数々に、螺鈿装飾の化粧箱。凝った細工が施された鏡台に、刺繍の入った寝具類一式。最新式のミシンや美々しい装身具の数々。

　まだ造らせているものがあると続ける父の言葉には、有難くて眩暈を覚えるほどだ。もしもこれが本来の婚約者である唯貴との婚礼のための道具であったならば、気分は違ったのだろうか。どちらにしても父の見栄がこれでもかとばかりに表れていて、気を抜いたら顔が引き攣りそうだ。それでも、品物に罪はないのだと自分に言い聞かせて菫子はもう一度道具類を見回す。

　どれもこれも見事で目の眩むような品々ばかりであるが、その中でも菫子の目を引いたのは装身具である。

　流麗な金と銀の曲線が描く優美さに、華の意匠の七宝と施された貴石。あの懐剣のような不可思議な輝きはないけれど、異国を思わせる華やかな雰囲気と繊細な細工が実に見事である。

（これは、まるで……）

「この細工……」

「見事だろう。沙夜の父の伝手で、特別に手に入れたものだ」

装身具に目を止め我知らず呟いた菫子を見て、父は自慢げに話す。

沙夜の父は目利きで評判の名高い宝石商である。その伝手で手に入れた品であれば、この見事さにも頷ける。

「名人涯雲の作品だそうだ。涯雲は早逝したそうだから、作品自体がそんなに多く残っていないらしいな」

涯雲……聞いた事のない名である。さぞかし素晴らしい職人であったのだろうが、早逝したと聞けば残念な事と悔やまれる。

菫子の後ろで道具類をうっとりと眺めていた沙夜が、その名で何かを思い出したのか言葉を紡ぐ。

「父が昔言っていた指輪があれば、それも素敵なお道具になったでしょうに……」

「指輪？」

菫子はゆるりと小首を傾げ、沙夜はその面に残念そうな色を滲ませて答える。

「うちには昔、それはそれは素敵な二つの指輪があったそうです。父の秘蔵の逸品で、華を意匠にした指輪だったとか……」

目利きと評判の沙夜の父が秘蔵していたものならば、さぞ見事な品だったのだろう。興味が湧かないわけではなかったが、沙夜の言葉からすると恐らく。

「でも、その内一つは……確か私が生まれる少し前に盗まれてしまったのか……無くなってしまい、当時は大騒ぎになったらしいです。確か、その無くなった方が涯雲の作だったと父がちらりと話しておりましたわ」

残っていたとしたら欲が深い父は相当高値をふっかけたでしょうが、と辛辣に沙夜は締めくくる。彼女と父は折り合いが悪いと聞いているが、それは過日の出来事が原因なのだろう。

秘蔵の指輪が消えて大騒ぎの渦中で産まれたのが沙夜であるという。

父は指輪捜しにかまけて妻をほったらかし、赤子と対面したのはかなり後であった。それが禍根となり、またその後の不実も相まって、妻子と父の溝が埋まる事はなく、今日に至るのだと沙夜は苦笑いしながら教えてくれた。

だからこそ沙夜は無意識のうちに、菫子が仲の良い親子であって欲しいと願っているのかもしれない。菫子に温かい食事をとって欲しいと。それも、出来る事なら家族仲良く。

沙夜の心の裡（うち）を察して苦笑し菫子は言葉を紡ぐ。

「見てみたかったわね。……もう一つは、まだ沙夜のお家にあるの？」

「さあ、確かもう一つは、……どなたか……高貴なお方に献上したとか、何とか……何せ見せてもらった事もありませんし……」

沙夜は記憶を探るように呟く。そこでその話はおしまいとなり、父の自慢話が再開する事となった。そうしてたっぷりと父が語り続けるのを聞き続けた菫子は、そろそろ離れに帰っても許されるだろうか、と思って振り返った。

その瞬間、闇色の瞳が視界の端に灰色の色彩を捉える。それが誰なのかを認識して、瞬時に柳眉が逆立つ。

部屋の入口には、一つの人影。陸軍将校の軍服に身を包んだ流麗な美貌の男の姿を認め、父は歓迎の意も露わに歩み寄り、沙夜は困惑の面持ちで菫子を見る。

菫子の表情には何の色も無く闇色の双眸には底冷えするような光がある。

父が沙夜に下がるように命じ、彼女は心配そうに菫子を見つめながら部屋から出た。父も一つ礼をして去った後、氷桜は菫子に真っすぐに近寄る。

「何の用ですか」

凍えるような声音で菫子は問う。

(わたしは、もう会いたくないと言ったのに……！　物の意思など、気にしないという事なの……？)

自分は拒絶する意を伝えたはずである。この男はそれを意にも介さないという事だろうか。

胸の中に沸き起こる苦い思いを堪えるように、菫子は氷桜を睨みつける。

そんな菫子を見つめていた氷桜は、ふとその唇から言の葉を紡いだ。その視線の先にあったのは、早逝した名人による華の意匠の装身具である。

「……涯雲は、俺達の作り主だ」

意表を突く氷桜の言葉に、菫子の目が瞬く。咄嗟に言葉が浮かばず、装身具を見た。同じ職人の手によるものであるというなら、既視感を覚えるのも道理である。

懐かしむような氷桜の言葉は更に続く。

「職人として更に高みを目指すために、海すら越えた気骨ある男だった」

国が開かれ異国への渡航許可が下りたとはいえ、海の外で学ぶには相当な困難が伴ったのは想像に難くない。それをものともせず国を飛び出した涯雲に、菫子は尊敬の念を抱く。氷桜の言葉に、青年が高みを目指すために越えようとした海が見えるような気がした。

「涯雲が帰国して最初に作り出したのが俺達だ。恐らく……俺達が規格外なのは、涯雲の技に拠るところもあるだろう。技と素材、そして奇跡が重なった故の……」

更に続いた氷桜の言葉に菫子は驚く。初の作品があれほどなら、その才は推して知るべしである。彼の職人は多くのものを学び、多くに恵まれたのだろう。

ただ、最後の言葉の意味が菫子には分からなかった。

（素材にも、何かあるという事？）

菫子は内心首を傾げる。そんな菫子の疑問など気づかぬ風で、氷桜は双眸を細める。

「時折生まれる。国や時代を越えて現世と幽世を繋ぐ美を生み出す職人が……それが涯雲という男だ」

暫く何かを思案するかの如く目を伏せていた氷桜は、一つ息をつく。そうして、目を薄く開き灰色の眼差しを覗かせながら呟く。

「……そして、それ故に己を死に導いてしまう」

涯雲は早逝したという。彼の職人は己の命数と引き換えに、あの見事な作品達を生み出したのだろうか。氷桜の物言いに含みを感じたが、氷桜の言葉の続きを待つ。

「……あの異国の紅い災いから離れる事が出来れば、今も美を紡いでいたであろうに」

氷桜は珍しく悔恨の色を滲ませて呟く。そこには失うにはあまりに惜しい、偉大な才を持つ男を想う様子があった。僅かに感傷の色が滲んだのを菫子は感じ取る。

菫子は装身具を眺める。氷桜達を生み出した神の技を持った職人による装身具の数々は、変わらぬ美と光を湛えている。

（なら、これも……？）

菫子が浮かべた疑問を察したのか、氷桜は首をゆるりと左右に振る。

「此れらは、……百年経ったら、俺達と同じになる可能性はあるが」

なるほど、全てが全て規格外と成り得る訳ではないのか。或いは、氷桜達のように規格外と成るためには、他に何か必要なのか。

『技と素材』と氷桜が言った事を思い出す。素材と聞いて菫子の脳裏に浮かぶのは、あの不思議な光彩を帯びた懐剣の刀身である。金剛石と見えて異なるもの、稀な輝きを湛(たた)えた玉石のように見えた『石華七煌』を構成するであろうもの。

――何故か、菫子の心を惹きつけるあの不可思議な輝き。

不意に菫子の目裏(まなうら)に『七つに砕けた刀』が稲妻の如く閃(ひらめ)き、そして消える。

（……今のまた……一体、何……？）

菫子の疑問に答えは無く、菫子は言葉なく佇む。沈黙がその場に満ちるかと思われたが。

「出かけるぞ」

「何故ですか」

あまりにも脈絡の無い、また突拍子もない男の言葉に、菫子は間髪(かんはつ)を容れずに言葉を返していた。

（そもそも、顔も見たくないと言われたのを忘れたの？）

思い切り胡乱な眼差しで氷桜を見据えると、氷桜は相も変わらぬ抑揚なき声音で答える。

「人の子は、逢瀬を重ねて絆を育む、のだろう？」

「はあ？」

そう聞いたと語る氷桜に、菫子は思わず間の抜けた声を上げた。一瞬あまりの内容に目を白黒させたが、すぐに表情を険しくして心の中で独白する。

（いったい、誰に聞いたのよ、それ……）

男の表情に冗談や揶揄の色はないので、恐らく大真面目に言っているのだろう。

逢瀬を重ねて絆を育む、と菫子は首を傾げる。確かに人の男女の間、いや中でも自由恋愛を好むような。かなり進歩的な男女の間ではそうであるらしい。しかし、菫子は厳しい教えに従って育った身であり、あまり馴染まぬ考えである。

（絆を育む、なんて言われても……）

暫し戸惑ってから、菫子は気づく。この男はどうやら人の男女の間柄の進展のさせ方に倣い、菫子との関係を進めようとしているのだと。

「私は、貴方と絆を育みたく等ありません」

（何で、そんな事をしなければいけないの）

顔も見たくないと拒絶した相手なのにと裡に呟き顔を背けながら、にべもなく言い放つ。氷桜は黙したまま聞いていたが、静かに話し始めた。

「……今迄の事、俺が悪かった」

「……え？」

氷桜は正面に向き直ると、艶やかな髪を揺らし頭を垂れた。

菫子は面食らう。女に、それも年下の女に頭を下げる男性など、見た事がない。たとえ、人ならざるものであったとしてもである。

飾らぬ言葉だからこそ、伝わる想いもある。上辺の謝罪ではないと……今迄の事を本気で謝っていると感じられた。

それでも、自分の過去の孤独を、悲哀を、諦観を思えば返す言葉が見つからない。様々な感情が綯交ぜ（ないまぜ）になり言葉を失う。そんな菫子を見つめつつ、姿勢を正した氷桜は言葉を紡ぐ。

「……それと、お前は言ったな、弟と母を殺したと。俺ではない。俺は誰も殺めてはいない」

「……なら、誰が……」

弟と母に人の手によるとは思えない惨（むご）たらしい死に様をもたらしたのは、氷桜ではないという。迷いも揺らぎもない言葉は、それ以外の意味には聞こえない。

（……だからといってそのまま信じるほど……わたしはお人よしではないわ）

　菫子は自分に言い聞かせるように心の裡で呟く。

　しかし、殺していないという言葉に、安堵している自分がいる事にも気づいていた。だからこそ、心中の言葉がどこか弱弱しい。

　氷桜が手袋に包まれた手を菫子の右手に伸ばす。そして、何かを掌に落とす。そこには、あの日、菫子が氷桜に投げつけた縁華石が煌めいていた。

「持っていろ。……今後、周りの人間も極力守る」

　これは氷桜に菫子の危機を知らせるものであるという。そして、あやかしが伴侶として選んだ者に渡す、生涯を添い遂げる覚悟の印でもあるという。

　その石を氷桜は再び菫子に渡した。添い遂げる覚悟の石を、一度拒絶されたにもかかわらず菫子に渡した。菫子の嘆きを聞き届けるように、周りの人間も守るとも言った。氷桜の本気を感じる。

　あの日の頬の紅と熱が蘇る。今自分はどのような表情をしているのか分からないが、胸が早鐘を打っているのだけは分かった。でも、自分が分からない。何に翻弄され、心揺れ、戸惑っているのか。自分でも知らぬ裡を容易く引き出した男に、返す言葉が見つからない。

（ああ、もう、どうしたらいいの……？）

　何を言えば良いのか、此れをどうすれば良いのか。目まぐるしく思考しながら縁華石と氷桜を交互に見る菫子に、氷桜は顔を背け呟く。

「……上手く言えぬが。……お前が泣くのは。……些か堪える」

怜悧なはずの横顔が、僅かばかり紅潮して見えるのは気のせいだろうか。

(……反則よ……!)

惑わされてはいけない。あやかしの言う事など信じられないと一刀両断してしまえばいいのだ。こんな石など突き返せばいいと思うけれど、何故か唇から言葉が出てこない。

代わりに思い浮かぶのは、幼きあの日に自分を抱き上げた腕の温かさ。そして母に殺されかけたあの夜に、菫子を守り抱き留めた腕の力強さ。

菫子は目の前の男に惑うと同時に、自分にも戸惑っていた。こんなに感情が動く相手が今までいただろうか。自分がここまで、己を曝け出せた事が、翻弄されるほど心揺れた事が。

(わたし、一体どうしてしまったの……?)

二人の間を再び支配するのは、沈黙。けれども不思議と柔らかく温かい。

再び男が誘いを口にして、菫子が静かに了承するまで、それは続いたのだった。

それから、気が付けば一月ほどの時間が流れた。

氷桜が姿を現す事が日常の一つとなってからも、時は比較的穏やかに過ぎた。氷桜が、性急に事を進めようとはしなかったからだ。

その代わり、菫子と共に過ごす事を望んだ。

オペラを観に劇場に連れ出したかと思えば、銀座や三越に買い物に連れ出し何がしかの贈り物をする事もあった。凌雲閣から帝都を眺める事も、珂祥伯爵邸の庭や帝都内の景観を誇る庭園を二人でそぞろ歩きする事もあった。どこから情報を仕入れるのかと不思議に思うほど、氷桜は菫子を実に様々な場所に連れ出したのだ。

その中でも取り分け氷桜が好んだのは、水辺のある庭園で過ごす事だった。あの日、夢幻の花園で幼い菫子と過ごした時を懐かしむように、感情を読み取らせぬ表情は変わらないものの、男は静かに菫子の隣にあった。

一方、菫子はというと澄ました表情を作るのに必死だった。観劇も好きで、買い物に出歩くのも楽しかった。訪れた事のない場所に行くのも、美しい贈り物も嬉しくない訳ではない。

（でも、それを顔に出すのは癪なのよ……）

故に、一度あやかしからの贈り物など受け取らぬと意地を張った事もあるのだが、氷桜が捨てられた子犬の如き雰囲気を漂わせるので、結局は受け取ってしまった。

今まで菫子はこんな風に出歩く事など殆どなく、精々銀座に偶に出る程度。それ以外は、あの屋敷の離れと学び舎を往復するだけだった。

それがここ暫く、自分を抑えきれないような、まるで幼子に戻ったような気がしているのはきっとこの男の所為だ。幼き日を知る氷桜と向き合っているから、こころが幼子に戻りかけているのではないかとすら思う。閉ざす事すら、何時しか忘れてしまいそうになる。閉じていなければ傷つくだけなのに、男の行いはそれを許してくれない。気がつくと無邪気で無防備な表情をしていた。

その時、鉄面皮とも言える氷桜の表情が僅かに緩む。それに気が付き尚更戸惑う。こんなに共に出歩くとは、まるで親密な婚約者同士のようではないか。困惑する菫子の考えを裏付けるかのように、「まあ、なんてお似合いの二人ですこと」などと囁く声が耳に入る。それを耳にした氷桜が得意げなのは——隣で辛うじて感じられる程度の僅かな変化であるけれど——菫子を何とも言えぬ心持ちにする。

ある時の事である。

「如何した？」と問われて気づいた。前にいる氷桜の袖を無意識に掴んでいた事に。まるで慕う相手の気を引く仕草ではないか。そんなつもりはなかったのだ、人前で何てはしたない。耳まで赤く染めて狼狽える。それを見て、頬を僅かに緩めた男はそのまま菫子の手を取って歩いた。手を放そうとしたのに、何故か出来なかったのだった。

「……嗚呼、もう直着くぞ」

今二人の姿は、山林のやや荒れた道を走る車の中にあった。人の手は入っていると思われるものの、時折車体が揺れる。藤色の地に春の草花や花車の文の施された晴れやかな雰囲気の散歩着とは裏腹に、菫子の表情には怪訝な色が濃い。

（今日はどこへ連れて行くつもりなのかしら……）

屋敷へ現れ早々に父に菫子の外出許可を取り付けた氷桜は、行先を告げずに菫子を車に乗せた。最新式の自動車に氷桜という組み合わせに違和感を覚えていたら、既に氷桜は運転手に車を出すよう命じていた。

そして車は郊外へ出て、人里から離れた方へ向かう。こんな場所に何かあったろうかと思いながら菫子が車の外を眺めていると、木立の間に何かが見えた。それは、徐々に姿を現した。

辿り着いた先にあったのは、西洋風の館だった。郊外の山麓（さんろく）にあるそれは、珂祥伯爵邸と比べれば決して大きいとは言えないが、白い壁が眩しい気品のある館である。佇まいからして、それなりの方々が住まう館に見えた。このような場所に暮らす名家などあっただろうかと考えるが、菫子が知る限りでは思い当たらない。館を見上げたまま首を傾げる菫子の横に並んだ氷桜が呟いた。

「俺の家だ」

「え？」

あまりに自然に告げた男に、菫子は闇色の目を瞬かせる。無防備な処に落とされた爆弾に、咄嗟に返す言葉が浮かばない。俺の家、つまりは氷桜の家。

「……ここが、神久月子爵邸という事ですか」

「……そういう事になる」

氷桜の、人としての名前は神久月子爵。本来は存在しない仮初のものだ。人々に何がしかの術にて存在を思いこませたのだろう。故に称号だけだと思っていたのだが、まさか屋敷まで用意していたとは。

（……人の世の建物に住んでいたのね、意外……）

菫子は、あやかしの領域のようなものがあり、氷桜はそこで暮らしていると思っていた。人の館で暮らしているとは全く思わず茫然と館を見上げる。そんな菫子に、氷桜は更なる爆弾を落とした。

「お前を迎えたら必要になると思い、用意した」

菫子の中で形をなしかけた言の葉は、またも霧散する。この館は、氷桜が菫子のために用意したという。菫子は形容しがたい表情で氷桜を見る。

「……お前は、まだ人の世を離れて暮らす心づもりは無かろう？」

（確かに、そうだけど……）

あやかしの嫁になれば、人の世ならざる世界に連れて行かれると思っていた。しかし氷桜は人である菫子のために、人の世に住まう準備をしていたのだ。そんなにまで……と茫然としかけた自分を叱咤する。

（違うの、違うのよ。そもそも、あやかしの嫁になるつもりはないの！）

菫子は心の裡で必死に繰り返しながら、もう一度館を見上げる。目の前には変わらず瀟洒な館がある。

（もしかして、これは……）

菫子は、玄関の先の庇を支える柱をぺたりぺたりと触ってみる。

「言っておくが、此れは幻ではないぞ」

「……そうですね」

落ち着いた氷桜の言葉に、菫子は確かな感触から手を離した。自分の行動が幼く思えて悔しげに頬を染める。氷桜は特に気に留めた風はなく館について説明を続けた。

「空き家になっていた古い屋敷を、使えるようにしただけだ」

なるほど、元々存在したものを手直ししただけかと菫子は頷く。

（その古い屋敷をどうやって……）

どうやって手に入れたのか、誰が手入れをしたのか気にはなるが聞かないほうがいい気がした。

その時、ふと視線を感じた。悪意はなく好意的なものだ。そちらを見ると窓に女中や下男と思しき姿が四つほど。ごく普通の人間に見えるが、忘れてはならない、この館の主はあやかしである。

「同類に、働き手を募った」

(……という事は、つまり……)

菫子がぴたと動きを止めると、氷桜は説明を付け加える。

「今、この屋敷の中に人間はお前だけだ」

「ああ、そういう事ですか」

つまり彼ら彼女らは、『付喪神』なのだろう。何の付喪神かまでは分からないが、人ならざる者達である。

(……立派な妖怪屋敷、という事ね……)

ここは感心するところか、呆れるところかと唸る。まあ確かに、人間を探して雇うより氷桜にとっては気安かろう。

という事は、先だって最新式の自動車を運転していたのも、まさか。菫子は自動車を片づけようとしていた運転手の男を見る。それに気づいたのか、氷桜はぽつりと呟く。

「……あやつは、無類の新し物好きでな」

なるほど、年古る付喪神にも色々いるのだなと、菫子は思った。

何時までも外にいても仕方なかろうと、氷桜は菫子を館の中へ導く。

屋敷の内装は温かな色味の壁紙に、趣味の良い調度類が調えられ落ち着いた雰囲気である。温い印象で心が落ち着く和やかさは、何とはなしに菫子が住まう屋敷の離れを思い出させる。調度類は細工は素晴らしいが新しい。恐らく館を修復した後に氷桜が買いそろえたものか、或いは造らせたものだと推測出来た。菫子が馴染みやすいようにそうしたのだろう。

この館はどこまでも菫子を迎えるためにあるのだと感じ、菫子は我知らず頬が赤らんだ。だが氷桜は、平素と変わらぬ様子で案内を続けていた。

菫子は、うららかな陽射しが差し込む、明るい雰囲気の応接間に通された。

座り心地のよい天鵞絨張りの椅子に腰かけると、沙夜よりやや年上の年頃……に見える女中が茶と茶菓子をしずしずと運んで来る。茶菓子は帝都でも評判の菓子屋の新作であり、沙夜が食べたがっていたのを思い出す。甘味を好む者に古いも新しいもないのだな、と妙に感心した。

無言のまま茶と甘味を喫する菫子を、これまた無言のまま見つめる氷桜。二人の間を何時もの如く沈黙が支配しようとした時であった。

「氷桜！」

高く澄んだ、少女のものと思しき声が響いたのは。

「緋梅」

応接間の扉が開き、ふわりと袖を揺らした和装の少女が駆けこんできた。氷桜は、その少女の姿を認め小さく名を呼ぶ。

薄紅の地に緋色の梅の文様の着物を身にまとい、紅梅を思わせるような鮮やかな紅の髪を唐人髷に結った人間離れの美しさを持つ少女だった。歳の頃は薔子と同じぐらいに見えるが、恐らくは違うのだろう。

飛び込んできた鮮やかな色彩に、菫子は思わず息をのむ。海の向こうの異国には、金色や赤い髪の人間が存在するとは聞いていたけれど、少女は異人には見えない。髪の色で言うならば氷桜もこの国の人間らしからぬ色合いであるが、異国の血を引いている事にしていると、観劇に連れ出された際に聞いていた。

菫子の視線は少女の櫛に惹きつけられる。

氷桜の懐剣と同じように、繊細で流麗な金と銀の曲線が描く模様に、梅の意匠が施されている。七宝の梅は艶やかな光を帯び、やはり花にはそれぞれに小さな貴石が施されている。そして、棟と歯は透明でありながら不可思議な光彩を放っていた。

（ああ、もしかして……）

氷桜は腕を組みながら少女を見下ろして、何時もの如く無感情に告げる。

「……何をしに来た」

「何しに来たじゃないよ、もう！」

ぴょんぴょん。まるで元気な兎のように飛び跳ねながら、少女は全身で非難を表している。菫子が二人を見ていると、少女が動きを止めた。そして、菫子に向き直り花が咲くような笑みを浮かべ、氷桜に問いかける。

「あ、この子が例の子だね？」

氷桜が頷くと、少女は菫子にぺこりと頭を下げる。

「初めまして！　あたし緋梅！　氷桜の仲間！」

「珂祥菫子、と申します」

淑やかなお辞儀と共に名乗り返しながら、やはり氷桜の同胞であったのかと思う。

あの櫛が放つ不可思議な輝きは、氷桜の懐剣の刀身が放つものと同じである。以前氷桜が言っていた仲間の内の一人なのであろう。そういえば櫛という言葉が出ていた気がする。

つまり、彼女は櫛の付喪神なのだろうか。

少女はよろしくと明るく言った後、再び氷桜に向き直る。そして、溜息交じりに一言一言ゆっくりと悲痛なまでの言葉を紡ぐ。

「ええとね。……この子と結婚するために氷桜が使った伝手やら力やらにね？　名取が非常に怒髪天を衝くというか、非常に怒ってます。『これ以上度が過ぎるようならばその首落としてくれる』って……」

名取というのも恐らくは氷桜の仲間なのだろう。どうやらその仲間は、此度の事態に大層お怒りのようである。無理もない、と思う菫子を他所に二人の会話は進む。

「ふむ……落とせるものなら落としてみろ、か？」

「喧嘩を売り返さないでっ！」

氷桜が考え込んだ後に返した言葉を聞いて、少女は頭を抱える。きっとこの少女は平素から、名取と氷桜の間に挟まれているのだろう。その仲間は知らないけれど、板挟みになっている少女は気苦労が多いだろうと容易に想像がついた。菫子は同情の念を覚える。

緋梅は半ば涙目で氷桜に縋った。

「あのね、あたしは神宮のお知らせで来たの！　祭主様が氷桜と話したいって！」

氷桜の動きが止まった。そして明らかに面倒そうな雰囲気を纏った氷桜に、緋梅は訴えかける。

「さすがにこれは無視しないで！　氷桜は祭主様の事を無視しないよね!?」

「……仕方ない」

一度舌打ちしたものの、少女の言葉に従う事にしたようである。席を外すと言って氷桜は部屋を出ていく。

神宮とは、それに祭主とは。あの氷桜ですら、その意向を無視出来ぬとは一体何者であるのか。あやかしの世界の権威かと菫子は推測する。

そもそも、氷桜もその仲間も未だ菫子には分からない事ばかりである。分かっているのは人ではない事。規格外の付喪神である事に『石華七煌』と呼ばれる者達である事。氷桜についてはは見えてきた事があるのは確かだけれど……

氷桜がいなくなり、残されたのは菫子と緋梅の二人きり。暫し沈黙が流れるものの、それを破ったのは緋梅だった。

「氷桜は、特別でさ」

唐突に語り始め、菫子は黙って続きを待つ。

「あたし達は、ある七つの刃を持つ刀の、七つに砕けた欠片から作り出されたの。刀って言っても、鋼じゃない。……不思議な玉石で出来た刀、と今は言っておくけど……」

『七つの刃の刀』。以前氷桜が己の本体を見せながら語った際に浮かんだ、不思議で懐かしい感覚もたらしたもの。あの金剛石とは異なる輝きは、確かに不思議な玉石と称するのが一番しっくりくる。

不可思議な輝きをもつ美しい玉石で造られた、華の意匠（いしょう）の装身具から生じた。故に、自分達は『石華』と称されるのだと緋梅は笑った。

「あいつは。氷桜は、その中でも最も鋭利な先端から作られた。……その所為（せい）かな、あいつはあたし達の中で、一番強い」

仲間が装身具である中で一人だけ、花嫁の身を護る武器でもある男。それが氷桜であると言う。

「本当は、あいつがあたし達のまとめ役になるはずなんだけど、ほら、あの通りの気性だからさ」

（ああ、それは確かに無理でしょうね……）

氷桜が仲間の纏（まと）め役が務まる気質であれば、そもそも今日のような事態には至らなかっただろう。

沈黙する菫子に何かを察したか、緋梅ははは……と苦笑いをする。そうして寂しそうに続けた。

「あいつ、何時も一人でいるんだよね。……呼びつけなきゃ、あたし達のいる本拠地……神宮には戻ってこないの」

氷桜は菫子と初めて出会った時、一人だった。一人、何をするでもなくそこにあった。沈黙と静寂の内に、独りそこにいた。

「だからね、あの氷桜に、傍にいたい存在が出来たって聞いて。びっくりしたけど、良かったたって思った。……菫子さん。氷桜の事、よろしくお願いします。……あいつ、変わろうとしているから、貴女のために」

緋梅は丁寧に頭を下げた。その様子から、彼女が氷桜に好意的で彼を案じている事を感じた。けれども……

黙したままの菫子を見て、緋梅は困ったように笑ってくるりと身を翻す。

緋梅が手を振って応接間から姿を消し、部屋には菫子だけが残された。その場に立ち尽くし、長時計が時を刻む音が響く。

（……それじゃあ、いけないの……）

気づいていたのだ、氷桜が菫子に歩み寄ろうとしている事には。無表情に見える中にも、時折温かい光が宿る事にも。けれど。

「……だから、どうしたというの」

呟く言葉を苦く感じる。

自分は真実を暴こうと、唯貴と沙夜と約束したのだ。それを違える事など出来ない。

今の状態は人ならざる力に歪められていて、決して正しいものではないのだ。だから、本来あるべき形へ戻さねばならない。

氷桜が自分に寄せる心がどんなものであれ、いずれ氷桜との決別は避けられない。

そう、どうにもならない。……どうしても。

（……考えては、いけない）

自分が、どちらの真実を望んでいるのかなど考えてはならない。氷桜が自分にとってどんな存在であるのかなど考えてはならない。

唯貴と沙夜との約束が、何故こんなに重くのしかかっているのか、菫子は気づかなかった。

——気づきたくなかった。

第七章　心のある場所

神久月邸への訪問から……菫子が憂いに沈む事が増えてから幾日かが経った。

授業を終えた菫子は、迎えの車の運転手に小遣い銭を渡して先に帰らせた。そして、待ち合わせ場所である、女学校からそう遠くない位置にある公園へ向かう。

その道すがら、またも頭を抱える事になった。

「……どこへ行く？」

「……どこかへ」

道の先に、風に遊ぶ灰色の髪。見慣れた美貌の陸軍将校――氷桜が待ち伏せていたのである。

以前懇願した通り門の前で待ち伏せするのは止めてくれたらしいが、菫子は思わず天を仰ぐ。これから会う相手を考えたら、ここで待ち伏せられるのは非常に困るのだ。

（唯貴様と待ち合わせしているなんて、口が裂けても言えないわ……）

目の前の相手に「貴方に対抗する術を話し合うために、待ち合わせています」と言えるはずがない。

付け加えるならば、氷桜は現在仮初ではあるが『婚約者』である。それなのに他の男性と人目を忍んで待ち合わせるなど不貞であり醜聞に他ならない。それは厳格な教えの下で育った菫子が後ろめたさを覚えるには十分である。

言えぬ理由はそれだけだ。決してこの男に対する罪悪感ではない。

「悪いが、今は行かせてやる事は出来ない」

「どうして……」

菫子は続きを紡ごうとした。けれど、それは息をのむ声と共に途切れる。

二人の視線の先、砂利の敷かれた小道の上。

そこにいたのは、大きな犬のような四つ足の獣である。目は爛々と不気味に輝き、身体を形作るのはへどろのような黒い澱。牙の並ぶ口からはだらだらと涎を垂らし、獰猛な唸り声をあげながら菫子を見ている。

明らかに、あれはこの世のものではない。どう見ても禍々しいもの、どう見ても『この世にあってはならないもの』であると菫子は確信した。今までは視る事が出来なかったのに……と疑問を感じたのも一瞬の事。否定しても、間違いなくあれは存在する。

「凶異だ」

氷桜は鋭い声音で告げ、菫子に下がるように指示し、右手にあの美しい懐剣を喚ぶ。

見る間に光が収束し、光の束で紡がれた刀が生じていた。

凶異と呼ばれたものは、武器を手にした氷桜を敵と定めた様子だった。低い唸(うな)り声を発しながら、じりじりと氷桜との距離を詰めて行く。

ほぼ同時だった。凶異が地を蹴った音と、刀が風を鋭く斬る音がしたのは。

菫子が息をのんで見守る前で、凶異との距離を瞬時に詰めた氷桜は一刀のもとに凶異を斬り伏せた。美しい閃光が走ったと思った次の瞬間には、黒い澱の獣は塵(ちり)となって消え失せる。

「……犬のあやかしの成れの果てか」

刀から光が霧散して元の姿に戻る。氷桜は懐剣をまたどこかへ戻しながら、そう呟く。氷桜が無事であった事、凶異と呼ばれる存在が消えた事に安堵しながらも、菫子は小首を傾げる。

「凶異とあやかしは、違うのですか？」

あやかしの成れの果てと、氷桜は今言った。つまりはあやかしが凶異なのではなく、凶異とはあやかしが何らかの形で姿を変えたものなのだろうか。

氷桜は頷き凶異について語り始める。

「あやかしの中には、人の血と呪いを吸いすぎて堕ちるものがいる。奴らは悪戯(いたずら)に、人に死と混乱を撒く存在となり果てる。……其れを凶異と呼ぶ」

（なるほど……。以前氷桜が言っていた『凶きもの』が、凶異なのね）

氷桜は髪をかき上げながら溜息を零す。

「国が開かれ、この国古来のものだけではなく舶来の付喪神も増えた。新しきものが増えれば、良きものも悪きものも増える。……あの『フィオリトゥーラの指輪』のように」

「フィオリトゥーラの指輪？」

氷桜の口から零れたのは、耳慣れぬ異国風の響きである。菫子が問いかけるように氷桜を見ると、頷きが返る。

「……海を越えて来た禍つ付喪神――大凶異だ」

大凶異。先程聞いた言葉よりも禍々しい響きだ。我知らず菫子は身震いをする。

（胸がざわめく……）

人に災いをもたらす凶きものだからかと思うけれど、胸の漣は容易に消えてくれない。

「凶異の中には特に強大な力を持ち、人の世に数多の災厄を呼ぶ大凶異と呼ばれるものもある」

氷桜は静かに言葉を紡ぐ。恐らく過去に邂逅した災いを思い出しているのだろう。

その横顔は僅かに苦々しげに見えた。

「奴らは巧みに人の世に潜り、時を待つ。人々に悲哀と呪いを撒くために」

氷桜はそう結ぶ。

海を越えてきた大凶異。舶来の禍つ付喪神。氷桜の口調には何故か僅かな悔恨が滲んでいた。

氷桜は「大事はないか」と問う。菫子が頷くと安堵したように頷いて、身を翻して菫子とは別方向へ歩きだす。それを見て菫子はあわてて問いかける。

「今日はそれだけのために……？」

「……そうだが」

確かに、飛来する凶きもの、つまりは凶異から守ると言ってくれたが……何だか拍子抜けした菫子は遠ざかる背に一応礼を述べる。

些か味気ないと感じた自分に気づき、違うと首を横に振る。胸の裡にさびしさが過ったのはきっと気のせいだ。何を期待していたのか。離れてくれて良かったではないかと自分を納得させる。

菫子の声を聞き、氷桜が肩越しに振りかえるが、瞬時に表情が険しいものに変わる。

――ぼこり。

菫子の陰から音を立てて浮かんだのは黒い澱の塊である。二人の不意を突き、澱は檻となり、菫子を飲み込もうと大きく広がっていく。陽光を遮り、影が視界を支配してゆく。

「菫子！」

地面を蹴りながら叫ぶ氷桜。その手には再び懐剣が現れ、光の刀を構築する。黒い澱の檻が菫子の視界を完全に遮り、氷桜の姿を押し隠そうとした時。

（いやっ……怖い……！）

心の裡を支配する恐怖——凶きものへの強い拒絶を感じた。

その時、菫子の胸の奥に熱い何かが生じた。身の内から湧き上がる何かは眩い光の形をとって、菫子の周りに拡がった。光は檻を吹き飛ばそうとする暴風となって顕現し、どんどん拡がっていく。

菫子はあまりの風に目を伏せ、もう一度開いた。荒い呼吸をしながら周囲を見回す。

その場にいるのは、菫子と氷桜の二人だけである。あの黒い澱など初めからなかったかのように、変わらぬ光景が広がっていた。黒い澱の痕跡すら見当たらない。

息を整えながら周りを見ると、木の葉がゆらゆらと揺れながら落ちていく。

「……っ、菫子。怪我は？」

「……その……ありません」

鉄面皮とも言える男にしては珍しく、氷桜は焦燥感を滲ませて問う。未だに何があったのかさっぱり分からぬ菫子は、多分と付け加えつつも頷くが、ふと氷桜の腕に目を引きつけられた。

「その、手は……」

氷桜の左の前腕にあったのは赫い痕、ざっくりと何かで斬られた傷だった。真新しく、鮮血が滲んでいる。

(怪我をしたの？)

けれど次いで思う、氷桜はいつ怪我をしたのかと。先程の刹那の戦いが終わった時には、無傷ではなかったか。

「その傷、先程は無かったのに……」

「気にするな。放っておいても問題ない」

菫子が呟くと、氷桜は素っ気なく答えて傷を隠す。菫子の不安は消えず、氷桜のその素っ気なさがむしろ不安を煽る。

菫子がまさかと呟きながら蒼褪めると、氷桜は観念したかのように溜息を零す。

「……お前の凶きものを滅する力が及ぶのは、凶異に限った話ではない。……それだけだ」

凶異ならざるあやかしに対しても、つまり氷桜に対しても作用してしまう。たった今、氷桜が傷を負ったのは菫子の力によるというわけだ。

「怪我を、させてしまいました……」

「お前が気負う事ではない」

　菫子が謝意を口にすると、氷桜は制止し首を左右に振る。

　確かにこの傷は氷桜にとって大した傷ではないのかもしれないが、菫子には違う。たとえ避けられないものであったとしても、他人に怪我をさせてしまったという事実は決して小さくない。俯いていた菫子は思い切って顔を上げ、きっぱりと言った。

「それでも、傷は傷です！」

　ハンカチを取り出し、以前沙夜に教えてもらったように傷に巻く。すると赫が滲むように広がる。足りないのだ、と思って髪を結っていたリボンを解き、ハンカチの上から少し強引に巻くと、今度は滲まなかった。漸く安堵した、その瞬間。

「な、何を……っ⁉」

　気が付いた時には華奢な身体はあやかしの腕の中にあった。

　一瞬何が起こったか分からなかった。今視界を占めるのはあやかしの広い胸。菫子を抱える腕に籠る力は思いのほか強い。

　抱きしめられていると気づいたのは、一呼吸おいた後である。苦しくはないが、戸惑いと疑問が菫子を支配した。

　表情が分からないまま、茜空に照らされる黒髪を指で氷桜に梳かれたと思えば、吐息と間違えてしまいそうな声が耳元に降ってくる。

「……たまらなく、お前に、触れたくなった。気づいたら――」

　こうしていたと続ける声は切なげで、何時も通り低く、それでいて何時もとは違う色気を孕んでいた。抑揚の無い声に、僅かに熱がある。そして戸惑いも滲んでいるのを菫子は感じ取っていた。

　温かくて力強い腕の中で、鮮明に感じる相手の鼓動と自身のそれが共鳴し溶け合う。この音が相手のものなのか自分のものなのか、菫子には分からなくなる。

「……人が謂う『愛しい』とは、此れなのか……？」

　降るささやきに胸が熱くなり、言の葉を奪われてしまう。氷桜自身も戸惑っているようだ。

　あやかしが知らなかった、人のこころ。

　もしかしたら、人にもあやかしにも通じるけれど、氷桜が知らなかったもの。

　菫子に歩み寄る事を知り、知ったもの。

　菫子は離せと言わなければならない。けれど、胸が苦しくて切なくて、このまま委ねてしまいたいとすら思ってしまう。これが刹那の錯覚であって欲しかった。

　菫子は精一杯の意思表示として首を横に振った。温かい腕に惑わされながらも、一生懸命に。

「いやだ」

氷桜は拒絶の言葉と共に、抱きしめる腕に僅かに力を籠めた。

まるで駄々をこねる幼子のようだと思った。それなのに何故自分がこんなに泣きたい気持ちになるのか。離せと再度促さなければならないと思っているのに、言葉はやはり出てこない。……紡ぐ事が出来ない。

自分も氷桜と同じように考えているなどあり得ない。この温もりから離れたくないなんて。

拒絶の言葉は、裡（うち）にあるこころを導きだす。

（わたしが、ずっといいたくて、いえなかった事……）

子供のように嫌だと言いたかったけれど、言えなかった。家族に、境遇に、与えられた呼び名に。沙夜と別れなければいけないかもと思った時でさえ飲み込んできた言葉だった。

相手はそのようなつもりで言ったのではないと分かっているのに、言えなかった自分の代わりに言ってくれたと想ってしまった。だからこんなに切ないのか。

「……お前に触れている時間こそが僥倖（ぎょうこう）だと。……失くすのは厭（いや）だと、此の俺が、思うとはな」

掠（かす）れた囁きが降ってきた時、氷桜の手が僅かに震えている事に気づいてしまった。

怖いものなどなさそうな態度と、足りぬ言の葉の裏にあるこころに気づいてしまった。

（……怖いの？）

仲間から離れ何時も一人でいる氷桜が孤独を厭うている。恐れているのだ、独りでいる事を、言の葉が返らぬ事を。伸ばした手が誰にも届かぬ事を。

（それでは、まるで……）

菫子の脳裏に、昔日の自分の姿が過る。

幼き日、求めたものが手に入らないと、或いは元からなかったと思い知らされた。

諦めて、心を閉ざして鎖す事を覚えた。

（まるで、わたし……）

菫子の裡に「泣かないで」と抱きしめたい想いが生じた。それは不思議と懐かしい。

不遜なこのあやかしが涙など流すわけがないと思うのに、何故だか泣いているような気がするのだ。

氷桜の表情は見えないけれど、重ねた鼓動から更に伝わってくる。

恐れていても、諦めているとすら思っていても、それでも男も自分も求めている。

伸ばした手に触れてくれる存在を、温かさを、優しいこたえを、今も求めているのだと。

だからこそ錯覚だと想いたくないのかもしれない。

（……そう、そんな事あってはいけない。不意打ちの行動に戸惑っているだけ。そうよ。この想いはきっと……）

吹き行く風が沈黙を攫って行く。聞こえるのは二人の呼吸だけだ。言い表せない想いに、目頭がじわりと熱くなった。

「悪かった……」

その言の葉と共に温もりが消え、菫子が驚いて顔を上げると、すでに氷桜の姿はそこにはなかった。影も残さずに消えたあやかしを想い、一筋だけ地に落ちた雫を置き去りに菫子はその場を後にしたのだった。

菫子は漸く公園の東屋に着く。東屋の柱にもたれているのが、他でもない待ち合わせの相手――唯貴であると思うと足取りがやや早くなる。

「遅かったね、何かあった？」

「……学校で、少し……」

約束の刻に遅れてしまった事に頭を下げ謝罪した。これが精一杯の誠意だと信じて。もう少し遅ければ迎えに行こうとしていたと、冗談めいた言葉に顔も上げられなかった。それでも勇気を振り絞り顔を上げると、何事もなかったなら良かったと、唯貴は優しく微笑んでいる。

「……髪、珍しいね？」

菫子の何時もと違う点にふと気づいて、唯貴の目が細められる。

「あ……」

菫子の眼差しが唯貴のそれと交わる。

覚えたのは、違和感だった。刹那(せつな)の刻(とき)、唯貴の視線が鋭く冷たいように見えたのは気のせいか。一瞬だけ光を宿さぬ濁った眼差しであったのは、きっと気のせい……

瞬きの後に見つめた唯貴は何時も通りだが、視線は解き髪のままであった菫子の髪に向けられていた。罰悪げに口籠る菫子は切れ切れに説明し始める。

「……怪我をされた方がいたもので……」

「それで、手当してあげたのか。……菫子らしい」

全くの嘘偽りではない、しかし菫子の胸にあるのは罪悪感である。だから遅くなったんだねと、唯貴が仕方ないというように微笑むと、それは更にじわじわと増す。頬を緩ませる唯貴は、菫子の記憶にある彼と変わらぬ様子に見える。

(気のせい、だったのかしら……)

先程覚えた違和感はと、菫子が心の裡(うち)で呟いた時、それは起きた。

今迄、唯貴は如何なる時も紳士的に接してくれた。だから信じられなかった。その腕に自分が収まっているという事が。

視界を占めるのは唯貴の胸。抱きしめる腕は、痛いほどきつい。苦しいと心の裡(うち)で呟いて声を上げる。

「唯貴様……!?」

「……あやかしの匂いがする」

菫子の戸惑いの声と唯貴の低く昏(くら)い呟きはほぼ同時だった。菫子は思わず目を見張った。心の臓が冷たく跳ねる。

(……唯貴様は、今、何と仰ったの……?)

唯貴の口から出る事のないはずの言葉を聞いて、菫子の身体は強張る。暮れ方の闇に深まる黒髪を優しく撫ぜながら、声音の穏やかさはそのままに唯貴は続けた。

「……凶きものが生じて消えたと思ったら、あいつだったのか」

唯貴の腕の中で菫子は身体を震わせる。

言葉の意味を理解出来ない。言われた事を飲み込めない。何故唯貴の口からその言葉が出るのか。あやかしが堕ちる成れの果てを、この人は知っているのか。

どうしてと、問う言葉を紡げない。

唯貴が見えない。傍にいてくれたこころが、寄り添っていた想いが見えない。走る鼓動と、異なる音。二つは決して溶け合う事はなかった。

黒髪を一房手にとって、唯貴は言う。

「ねえ、忘れないで」

幼子をあやすような声は優しく穏やかだけれど、底知れぬ怖さがある。

唯貴が今どのような表情を浮かべているのか、仰ぎ見る事は出来ない。唯貴の腕は力を緩める事なく菫子を捕らえている。

（でも……）

きっと微笑んでいるのだろう。何時も菫子を安心させてくれた優しい笑みを、変わらず浮かべているのだ。

――そう、底知れぬ思いをその瞳に宿して。

菫子の白磁の頬に一筋汗が伝った。

唯貴は手から黒髪をはらりと落とし、どこまでも優しい声音で囁く。

「君は、僕の婚約者だ。……君は、僕のものだ」

沈黙を、風がさらう。

――菫子は、この日初めて唯貴を怖いと思った。

◆　◆　◆

仄かに白い月が昇った初更の刻、帰宅した唯貴を待っていたのはある人物だった。

笑顔で客を迎えられる心持ちではないため、断りたかった。しかし、相手が誰であるかを知るとそれは出来なかった。

今、唯貴の姿は刀祇宮邸の応接間にある。調度類が重厚な雰囲気を醸し出す空間、暖炉の火が爆ぜる音と長時計の振り子の音のみが響く室内には二つの人影がある。

一つは屋敷の主である唯貴、もう一つは訪れし者である帝の侍従だ。言伝の内容が概ね予想出来るので、笑みを作るのは容易ではない。

年嵩の侍従はまずは夜の訪問の非礼を詫びると、重々しく言伝を告げた。

「神久月子爵の婚約への干渉を止めるようにと……。皇族たる御身が、他人の婚約に手だしをなさるなど、御名を穢す行為です」

そんな事だと思った……唯貴は、これ見よがしに溜息をつく。

「……あの男は、公に出来ぬ手段で菫子……珂祥伯爵令嬢を奪ったんだ」

侍従の言葉は正論、けれども唯貴の言葉も正しい。二つの正論は、真っ向から衝突する。

「下世話な言い方をすれば、殿下の横恋慕にしか見えません」

「……横恋慕してきたのは、あちらの方なんだけどね」

唯貴は眉を寄せて顔を背ける。事実が歪められ、悪役とされて面白く思う者などいない。それは、温柔敦厚と称される彼も例外ではなかった。

唯貴を見つめながら侍従は溜息を零す。

「珂祥伯爵の令嬢に拘らずとも、殿下であればお妃に相応しき令嬢は数多おりましょう」

「……菫子以外は目に入らない」

「殿下、あまり聞き分けのない事をおっしゃられますな」

子供を諭すような物言いに、唯貴の眉は更に寄る。皮肉を込めて言い返しても、分が悪い事は承知している。

何しろあちらは今上の代理人なのだ。聞き分けのない子供扱いされている内は良いが、反意を示し続ければ帝への叛意と取られかねない。

沈黙を纏う唯貴の心の裡を見透かすように老獪な眼差しを向けながら、侍従は更に言葉を重ねる。

「お父上は早くに亡くなられ、お母上もまた先だって急逝されております。もう刀祇宮の直系のお血筋は御身のみ」

唯貴の父は唯貴が物心つく前に他界しており、父の記憶はなかった。若くして病に倒れたという事しか聞かされていない。母もまた、菫子との婚約の話が持ち上がったあたりに世を去っている。菫子が自分の所為ではと酷く落ち込んでいたのを必死で宥めたのは記憶に新しい。

「そして……産声を上げる事もなく亡くなった妹君に報いるためにも」

侍従の言葉をさした感慨も伴わずに聞いていた唯貴の眉が明確に寄せられる。この男は、先の刀祇宮妃の出産の際の秘事を知っているらしい。

唯貴の眼差しが険しくなった。その双眸に宿る光を物ともせずに、侍従は更に言葉を紡ぐ。

「凶きものを滅する刀祇宮がお役目をお忘れなきよう、お願い申し上げます」

表情一つ変えず刀祇宮の秘事に言及した侍従を見据え、唯貴は白い頬を紅潮させた。凶きものを、人ならざるもの悪しきものを倒せと言うならば。

「ならば言うが、あの男は人間では……！」

「それは口にしてはならぬ事です、殿下」

唯貴の叫びを侍従は厳しく制した。それは鋭く重々しい響きがあった。

勢いを断たれ、唯貴は言葉を失ったがふと気づく。

この男は知っているのだ、あの神久月子爵が何であるのか。恐らく帝も同様だろう。

その上で唯貴に手を出すなと告げているのだ。

「殿下には、いずれよき令嬢をご紹介申しあげましょう。それまで御自重頂きますよう、固くお願い申し上げます」

侍従が告げた言葉は、願いという名の今上（きんじょう）の強制、或いは牽制であった。

唯貴は頷く事も言葉を紡ぐ事もなく、ただ侍従を睨む。

侍従はそんな少年の様子に溜息をつき辞去の挨拶をすると、静かに館を後にしていった。

「……厄介な奴である事は間違いないらしい」

侍従が去るのを見守った後、一人残された唯貴は呟く。

唯貴の密かな工作に眉を顰める者がいなかったわけではない。しかし、まさか至尊の御方が畏れ多くもこうも直接釘を刺してくるとは些か予想外である。つまり、あの男は帝に影響力を及ぼせるという事だ。

「神宮を相手にするわけにはいかないってとこかしら、宮廷の立場としては」

唯貴しかいなかったはずの応接間に、妙齢の女性の声が響く。けれど驚いた様子は無く、唯貴は短く言葉を紡いだ。

「……何だ、来ていたのか」

女は音一つ立てずに黒く長いドレスの裾を引きながら、ゆったりと唯貴に歩み寄る。そして、来ていたのかは酷いわなどと笑って肩を竦めた。

「石華七煌の後ろ盾、神宮の主と帝の間には約定があるもの。世の安寧に力を借りている以上、無視出来ないのでしょう？　仕方ないわね」

「それを乱しかねない行いをしているのは、むしろあいつの方だろうに」

不貞腐れたような唯貴の言葉を聞き、女の紅い唇から楽しげな笑いが零(こぼ)れた。女は灯りを弾いて輝く黄金の髪を揺らしながら首を緩く傾げる。

「お上に釘を刺されても、諦める気は……」

「ないよ」

間髪を容れぬ答えを聞いた女は苦笑するばかり。仮にも帝に牽制されたというのに、少年にはあまりに迷いがない。

「……本当に彼女が好きなのねえ」

「当たり前だよ。……本当に好きなんだ」

菫子に対する想いを語る時、唯貴はごく自然に柔らかな表情を浮かべる。口元の微笑も作り物ではない心からのもの。

目を伏せると、唯貴は静かに語りだす。

「初めて会ったのは、菫子が女学校に入ったばかりの頃だったな」

唯貴の後見人は女子教育に熱心な人物である。菫子の通う女学校の支援も行っており、学校へ視察に赴く際に自分を伴う事があった。

そこで、唯貴は出会った。

降り注ぐ花吹雪の下に現れた、花の精かと思う少女に。際立ってうつくしいのに、纏う雰囲気は物悲しく寂しげで、闇色の瞳には何故か諦観の光が宿っていた。

その理由はすぐに分かった。囁きというにはあまりに大きな物言いが、意地悪な響きを伴って唯貴の耳に飛び込んできたのだ。

下らないと思った。無責任な噂話が、どれほど彼女を傷つけたのかと、怒りすら感じた。

気づいた時には菫子に恋をしていた。運命と出会ったと唯貴は思った。

「……あの頃は、菫子への気持ちが育っていくのが、とても温かくて幸せだと思ったよ」

唯貴は理由を見つけては菫子に会いに行った。

軽率な事と諫める声がなかったわけではない。けれど、少しでも菫子の顔が綻ぶのを見たかった。彼女の暮らしを少しでも彩りたかった。訪問の口実として、彼女に似合うものや相応しいと思うものを贈り続けたのだった。

菫子は唯貴を見ると、少しだけ嬉しそうにした後、悲しげに俯いてしまう。「貴方を不幸にしたくありません」と距離を置こうとした。

それをおして、菫子に結婚を申し込んだ。自分の手で、彼女を心から笑わせたいと願ったのだ。

後見人を介して婚約の話が動き出すと、左程時を置かず、菫子には厄介なものがついている事が分かった。あの時ばかりは、自分が刀祇宮である事に感謝したものだ。

横槍を避ける力がある事を幸いに思った。

周囲の予想に反して唯貴が不幸に見舞われる事無く時は流れ、婚約の話は進んだ。何事もないまま会いに行く回数を重ねる毎に、菫子の表情は明るくなっていく。このまま彼女を幸せに出来ると信じて疑わなかった。

──母が、あの事に気づくまでは。

「……母上が、お気づきにさえならなければ」

すると女の口の端が僅かに上がる。

婚約の話が進んで暫ししてから、菫子と母を引き合わせるため彼女を刀祇宮邸に招いた。母は、菫子を一目見て愕然とした。その場ではそれが何故か分からなかったが、菫子が館を辞した後に母は理由を語った。

あの日唯貴は世界が壊れるかと思うほどの衝撃を受けた。誰もが一笑に付すであろう、あまりに荒唐無稽な話。けれど、それは出来なかった。

そうあの日、確かに壊れたのだ。

母は唯貴に菫子を見て愕然とした理由を語った後亡くなる。母の訃報を聞いた菫子は、自分の所為であると酷く落ち込んだ。しかし、唯貴は決して彼女の所為ではないと知っていたから、彼女を必死に宥めた。

服喪のためにやや遠回りになり、時間はかかったけれども婚約の許しを頂いた。これで漸く菫子の花のかんばせから、この手で寂しげな微笑みを消してあげられる。

そう、思ったのに。

――そこに奴が現れた。

「……あいつと僕は同じ天を載くことは出来ない」

同じ女を求める者同士、並び立つ事も叶わなければ並び立つ気もない。無論、自分が引く気など欠片もない。

唯貴の言葉を聞いていた女はドレスの裾を摘まみ、静かに一礼する。

「お手伝い申し上げます、殿下。盟友として、その願いを叶えて差し上げましょう」

唯貴は何事か考える様子で目を伏せ、もう一度開けると窓の外を見た。その瞳に白き月を映しながら低く呟く。

「あやかしは、己の世界に帰るがいい……」

女は黙って微笑む。室内に響くのは、長時計が時を刻む音と暖炉の薪の爆ぜる音のみ。

以後、室内を支配したのは、底知れぬ何かを秘める沈黙だった。

第八章　誘うもの、辿るもの

凶異に襲われた一件から数日後。

自室で物思いに耽る菫子の下に、沙夜が唯貴の手紙を運んできた。

菫子の身を案じる内容の他、菫子と氷桜の婚約に介入しようとして圧力を受けたと記されており驚愕する。

皇族である唯貴に圧をかけられる存在など、後見人の御方か或いは尊き位におわす御方しか浮かばない。氷桜やその仲間は、そんな方々にも働きかける事が出来るというのか。

あの日、緋梅という少女が口にした神宮という言葉が気になっていた。菫子には分からぬ何かが背後で動いているのだろう。

相談するならば会って話すのが一番早い。けれど今はそう簡単には行かないため、今は専ら沙夜を介して手紙のやり取りをしている。

先日、思わぬ待ち伏せにあった事もある。仮初(かりそめ)であっても婚約者のある身の菫子が、密かに他の殿方と会った事が表沙汰になればただでは済まない。自分だけならいいが、唯貴の醜聞となる事は避けたい。

（それに……）

浮かんだ思いを打ち消して、返事をしたためると沙夜に持たせて送り出す。

菫子は細工の美しい飾り棚の前へ行き、抽斗を引いた。丁寧な手つきで取り出したのはあの指輪である。緻密な薔薇の意匠が施された深紅の石の指輪は、変わらずに眩しい輝きを湛えていた。

これは、唯貴があの夜に贈ってくれた真実の在処を示す証だ。

『ねえ、忘れないで』

脳裏に蘇る、あの日唯貴が語った言葉。

『君は、僕の婚約者だ。……君は、僕のものだ』

唯貴を初めて怖いと思ったあの日の言葉こそ、紛れもない真実なのだ。彼の人の婚約者として送る日々こそが、本来の姿であったはずなのに。

「……氷桜……」

零れる呟きは無意識のもの。帯びる響きはほろ苦く、黒い瞳に宿る色は切ない。菫子を孤独の淵に落としていた男、人の道理など通じない不可思議なあやかしの名。

『あいつ、何時も一人でいるんだよね』

仲間はいるけれども、敢えて孤独の内にいる男。

『……お前に触れている時間こそが僥倖だと。……失くすのは厭だと、此の俺が思うとはな』

一人でありながら、孤独を厭うていた男。

『……人が謂う『愛しい』とは、此れなのか……？』

人の感情を手探りしながら、菫子を愛しいと言う男。

いつか来る日に、敵として対峙しなければならない、決して相容れてはならない男。

どうしてと溜息が零れる。胸が苦しい。

何故、氷桜が浮かんで消えないのだろう。

自分と同じように求めて得られぬものを求め続け、独りを厭うていた男の姿が気が付けば心に浮かぶ。

「いやだ」という拒絶の言葉に、心情を重ねたからか。溶け合ったとすら思った鼓動に、惑わされたからか。いくら考えても、答えなど出ない……出してはならない。

「なかないで」と、想う事すらおかしいのだ。

視界の端、眩いほどの紅い光が映る。その光を警告のように感じたのは気のせいであろうか。

遣る瀬ない思いを抱え、指輪を再び棚へ納める。まるで出口の見えないトンネルにいる心を抱え、菫子は窓の外の天を見上げた。

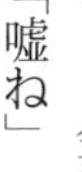

◇　◇　◇

ショールで顔を隠し人目を避け伯爵邸の門に向かっていた沙夜は、ぎくりと身をこわばらせて足を止める。

そこには西洋人形を思わせる少女、珂祥家の末娘である蕾子の姿があるではないか。

沙夜が手にする文の存在に注目しながら、少女は可愛らしい笑顔を浮かべて立っていた。

「し、蕾子様……」

「お姉様は、どなたに手紙をお送りするのかしら」

「……金城男爵のご令嬢へ……」

「嘘ね」

蕾子が無邪気に問いかけてくるのに対し、沙夜は内心の焦燥を隠そうと必死で取り繕う。当たり障りのない菫子の同級生の名を上げるが、蕾子は間髪（かんはつ）を容れずに否定した。

「お手紙の宛先は、刀祇宮殿下でしょう？」

「蕾子様、そ、それは……」

どう見ても、表沙汰に出来る手紙ではない。婚約者以外への秘密の手紙など、世間から見れば立派な不貞だ。実情はどうであろうと後ろめたさは拭えない。故に沙夜が密かに仲立ちをしている。

ましてやその相手が皇族であると知られれば帝都に瞬く間に広まるだろう。上流の方々は取り澄ましていながらその手の話題に飢えているのだから。

それにしても何故薔子がその名を知っているのかと沙夜は疑問に思う。

ふと、門の前に待たせていた俥(くるま)引きの男と目があう。すると、彼は罰悪げに目を逸らした。

沙夜が用事を足すのを装いながら、唯貴の下へ赴いていた事を知るのはこの男だけだ。殺意と呼んでもおかしくないほどの衝動が芽生えるけれど、今はまず取り繕わなければならない。

「素敵よ！」

「はい？」

薔子は沙夜の両手を握りしめ、明るく叫んだ。沙夜は思わず気の抜けたような声をもらした。意表を突かれて、沙夜は膝から崩れ落ちそうになる。

「いいのよ、私、そういう燃える展開は好みだわ。自分で選んだお相手との恋なんて、素敵……」

「は、はあ……」

左様でございますか、と沙夜は心の裡で呟く。恋に恋する年頃の末娘がうっとりと告げる言の葉に脱力して肩を落とす。実際は、それほど楽しいものでも麗しいものでもないのだが。

ふしだらと世間が眉を顰める自由な恋愛も、少女にかかれば美しい物語のような出来事なのだろうか。その主人公が愛する姉である事で陶酔しているのかもしれない。

どうやら少女には醜聞を広めようという意思も、反対するつもりもない様子である。考えてみれば蕾子は菫子に懐いている。姉を窮地に追い込むような真似はしないだろう。

「沙夜は、お姉様のためなら何でもするのね」

少女は沙夜の顔を下から覗き込み、両手を頬に伸ばす。沙夜は蕾子の輝く瞳に吸い寄せられた。

「私は、菫子様にお仕えしておりますから」

楽しげな少女に、沙夜は迷いなく菫子への忠誠を口にする。それを聞いて、蕾子は笑みを深くした。

「でも、今のお前では何も出来ない。あの男が、お姉様を攫っていくのを止められない」

沙夜の心の隅に淀んでいたものが鎌首をもたげた。

菫子の婚約者は人間ではないと聞いた。大事な菫子を攫おうとする人ならざる者だという。妖しげな力を持つ相手に対抗し得る力は沙夜にはない。

沙夜の大事なたった一人のお嬢様が攫われてしまう。あやかしに連れて行かれてしまう。

引きずり込まれそうな深い色の瞳が沙夜を覗き込む。

(気のせい……？　ああ、そうに違いない。薔子様の瞳が、薔薇のように紅く見えるなんて)

くるり、くるりと世界が回る。紅い、うつくしい光を中心に。沙夜の世界は揺れて、回る。

「少しだけ手伝ってあげる、だから」

とん、と白魚のような薔子の指が沙夜の胸の中央を突く。とくん、と何かが跳ねた。沙夜の内に何かが目覚めて跳ねた、そんな不思議な感覚があった。

「お姉様を、守ってさしあげてね？」

薔子が年に似合わぬ大人の女のように妖艶な微笑みを浮かべる。

——ぱちん。

何かが弾けた気がして、沙夜は我に返る。ほんの一瞬だったけれど、ぼうっとしていたのかと沙夜は目を瞬いた。

目の前には相も変わらず楽しそうに笑う蕾子。先程までと変わらない光景である。

蕾子は楽しそうに数度頷き、再び両手をぐっと握りしめて力説する。

「自由恋愛、大いにいいと思うわ。頑張ってね！」

沙夜は少女に頭を下げ、俥に乗り込み屋敷の外へ出た。

妙に疲れた気がするのは気のせいではない。けれど、気疲れとは裏腹に身体は不思議と軽い。何かが内側から満ちるような、今まで感じた事のない感覚。

一体如何した事であろうかと思いながら、沙夜は菫子の手紙を携え唯貴の下に向かった。

唯貴の返事を受け取り帰宅した沙夜が、一番初めに目にしたのは絨毯にはらりと散らばる黒曜石の美しい髪。

菫子が床に倒れる姿だった。

呼べども叫べども菫子の意識は戻らず、慌てて医者を呼んだものの原因は分からず仕舞い。菫子が意識を取り戻したのは、それから実に三日後の事だった。

菫子は、その時から床に臥す事が増えたのである。

第九章　何時かであり、どこかである刻

菫子は気が付くと何とも形容しがたい空間にいた。目の前に広がるのは、白と黒の二色で構成された情景である。

（ああ、これは夢？）

そこにいるのに何故かいないような、自分の形すら曖昧な不思議な感覚を覚えながら、菫子はぼんやりとその光景を見つめていた。

（どこかで、見た事がある気がする……）

音もなく降り注ぐ糸雨。夜の闇に包まれたそこに一人の女性がいた。僅かに垣間見えるその顔は見知った誰かに似ている。

女性は、黒いへどろのような澱に蝕まれている。見ている間に黒はどんどん女性を浸食していく。

（あれは、良くないものだわ……）

あの黒は、いつぞや氷桜が倒した凶異だと感じた。女性をそれまでとは違う異質な何かに作り替えようとしている。

『私が私である内に。貴方達を殺してしまう前に。私を……殺して頂戴』

女性は手を宙空に伸ばしながら、か細い声で必死に懇願していた。

そう願う事すら出来なくなる事を、それがもう間近に来ている事を、彼女は気づいているのだろう。

その時、菫子はもう一つの人影に気づく。

端整な顔立ちの男性である。その人は、どことなく唯貴に似た面差しで、唯貴が齢を重ねたらこのようになるのではないかと思わせた。

男性は七つの刃を持つ刀を持っている。それは、不思議な光を放つ玉石で作られた刀だと何故か菫子は知っていた。

男性は女性の願いには応えたくないと思っている。けれど、女性を救うためには願いに応えねばならない事も分かっている。二つの思いの狭間で苦悩している事が痛いほどに伝わる。

そして男性は意を決して刀を構える。数多の葛藤をのせた刀は、黒に蝕（むしば）まれた女性の心臓を過たずに貫いた。女性は涙を一つ零（こぼ）し、最期に透けるような微笑を残して、輝く塵（ちり）と化して逝った。

その瞬間、ぴしりと刀にひびが入る。ひびは見る間に拡がり、七つの刃を持つ輝く刀は、七つの欠片と一つの玉になっていた。

同時に黒い線状の光が、罪人の戒めのように男性の身体に絡みつき消えた。

男性は涙していた。長年の友であり、姉であり妹であり、母であり娘であり、己が半身の如く感じていた存在を失い男性は慟哭する。

どれほどの間、泣いていたのだろうか。

やがて無言で欠片を拾うと、静かにその場を去った。去りゆく足取りは鉛のように重く、その姿は徐々に小さくなった。

すると、ぱちぱちと両の手を打ち合わせる音が響く。

『なかなか素敵な結末だったわ』

突然現れた人影は観劇の終わりのように手を叩いていた。黒い外套を着込んでいて、それだけでは年齢も性別も分からない。だが、声から女であると判断出来る。

女は暫し拍手をしてその場を見ていたが、ふと何かに気づいたようだ。

立ち止まった先は、凶異に蝕まれた女性が塵となり消えた場所。

外套の女はしゃがみ、何やら地面を探っている。

そして立ち上がった時、女の手には虹のようにうつくしい、涙の雫の形をした石があった。消えて逝った女性の涙を思わせる、女性のこころを宿した結晶。

『いいもの、見ぃつけた』

外套の女は指先で土を掃う。黒い外套に隠れて顔は見えなかったが、僅かに覗いていた口元が、にぃと艶やかな曲線を描いたのが分かった。

（だめ。あの石をこの人に渡してはいけない）

菫子はそう感じた。

（止めなきゃいけないのに。あれを渡してはいけないのに……）

いくら手を伸ばしても、どんどん離れて行く。

渦に巻き込まれる葉になったかのよう。そのまま、視界が円を描くように歪んでいったのだった。


ふと、気が付けば菫子はそれまでとは全く違う場所にいた。作業場と思しき場所には、作務衣を着た男と、黒い外套を着た男の姿がある。

『それを、寄越せ』

菫子の耳を、低く鋭い欲に満ちた男の声が打つ。

今の言葉を発したのは黒い外套を着た男のようだ。見覚えがある気がしたが、頭に靄が掛かっているようで全く思い出せない。

作務衣姿の男の脇腹から黒い染みが刻々と広がる。かなりの深手を負っているようだ。男の息は浅く速く、命の刻限が迫りつつあるのが分かった。

外套の男は、黒く染まった短刀を持っている。

『寄越せ』

黒い外套の男が、作務衣姿の男の背後にある作業用の卓に手を伸ばす。そこには一つの指輪がある。繊細で流麗な銀線と、金線細工の小さな花の意匠で彩られた台座。虹を閉じ込めた水晶の如き不可思議な光彩を放つ、涙の雫型の石をはめ込んだ指輪。それには、作務衣姿の男が刺された際に飛んだらしい血がこびり付いている。

指輪の中央にある石が、先程謎の女性が拾っていったあの石であると気づく。

菫子が記憶を巡らせている最中も男二人は、無言のまま必死の揉みあいを続けていた。その時、作務衣姿の男は何かに気づいたように表情をこわばらせた。

指輪からへどろのような黒く不吉な澱が吹きあがっている。だがそれは黒い外套の男の目には映っていないようだ。

作務衣姿の男は必死に震える手を指輪へ伸ばす。

黒い澱が吹きあがる指輪に男の手が触れた時、震えるかの如く空気が揺れ、黒い澱は見る間に指輪に収束していく。

作務衣姿の男はかすかに安堵したような笑みを浮かべた。

それが男の最期となった。作務衣姿の男は事切れた。唇の動きだけで『ゆるせ』と遺して。

黒い外套の男は、作務衣姿の男が動かなくなった事を確認すると、おもむろに卓にある螺鈿の小箱を開けた。

箱の中にあったのは、もう一つの指輪。繊細にして華やかな細工が施された、輝く薔薇の意匠の指輪である。白と黒の二色だけの世界に、不意に鮮やかな赤い色が現れた。紅くまばゆい宝石の指輪が箱の中に鎮座している。

外套の男は血にまみれた涙の雫型の石の指輪を小箱に放り込んで懐に隠し、人目を忍ぶようにその場を離れた。

残されたのは、作務衣姿の男の亡骸だけ。

（あれは。あの、指輪は……）

菫子が言葉を紡ごうとした時、再び空間が揺れた。

耐えられずに一度目を閉じ開けた時には、またも場面は一変していた。

そこは民家の一室のようであった。恐らくそれなりに裕福な家であろう。見事な調度類や立派な硝子窓から、それが察せられる。

室内には臨月と思しき女性と、女中の姿があった。臨月の女性はどこか沙夜に似た面立ちをしている。そしてその表情には深い苛立ちが表れている。

『無くなった指輪は、まだ見つからないの？』

臨月の女性は刺々しい声音で女中に聞く。

『はい、旦那様は血眼で捜しておいでですが……』

『ご自分の初子が生まれるというのに、もうどれほど顔を見ていない事か。そんなにその指輪が大事なら指輪と結婚すれば良いのよ』

『奥様……』

悔しさ故であろうか、臨月の女性は爪を噛みながら、目じりに涙を滲ませて呟いた。女中は困ったように沈黙する。

その瞬間だった。

かち、と部屋の壁にかかった舶来の長時計が針を進めたかと思えば、臨月の女性も女中も、何もかも、室内の刻が凍り付いたかの如く停止した。

時が止まった空間に、黒い外套を纏った一人の女が宙空から染み出るようにふわりと姿を現す。この不思議な空間の始まりで見た女だった。

女はやれやれとでも言いたげに肩を竦め、同情するように言った。

『……でも、その初子はもう死んでいるのよね』

外套の女の白い手が、静かに臨月の女性の腹を撫でる。そこにあるのは魂のない子供であると、菫子も何故か気づいていた。

『生まれてくるのは死んだ子供。でも、それは可哀そうよねえ』

芝居がかった仕草で嘆いた次の瞬間に、女の唇がにぃと弧を描く。

『さて〝涙石〟あなたに器をあげるわ』

女が大仰に懐から取り出したのは、一つの指輪である。繊細で流麗な銀線と金線の細工で彩られた小さな花の意匠の台座。嵌め込まれたのは、虹の輝きを内に封じた、透明で妙なる光彩を持つ涙型の雫……

そう、先程見た、惨劇の末に奪われたあの指輪だった。

女は指輪を臨月の女性の腹へ近づけた。すると、指輪は吸い込まれるように胎へ消えていく。

『素敵なお目覚めを期待しているわ。……目覚めたら、一緒に遊びましょうね？』

口元に笑みを浮かべそう呟くと、次の瞬間女の姿は消え失せた。そして、かち、と音がして室内の全てが再び動き出す。

『い、痛っ……。お、お腹が……』

臨月の女性が、唐突に腹を抱えて蹲る。

『お、奥様……!?　……だ、誰か、誰か来て、奥様が……！』

女中は慌てて大声で部屋の外へ呼びかけた。それに応じるように複数の足音がして、俄かに慌ただしくなる。

菫子はふわふわと浮き上がるように二人の女性から遠ざかってゆく。

またも菫子は大きなうねりに流される感覚を覚えて目を閉じ、そして開けると、更に先程とは違う場所にいた。

誰かが泣いている。

（……わたし？　……いえ、違う）

あえかに咲く花のような女性は菫子に良く似ている。黒曜石の黒髪も、新月の天を映した闇色の瞳も。白磁の肌も、憂いを帯びた面立ちも。

女性の隣には彼女を慰めるかのように男性がいた。不思議なほど唯貴に似ている。烏の濡れ羽色の髪も、夜の色の瞳も。白皙の肌も。穏やかだけれど情熱を秘めた面立ちも。

二人が寄り添う光景は、菫子と唯貴が共に齢を重ねた未来を思わせた。

『嫁いで、もう幾年。それなのにわたくしは、貴方のお子を産む事は出来ず……』

『授からないものは仕方ない、だから気に病むな』

男性は精一杯慰めるのだが、女性は首を左右に振り涙するばかり。優しい言葉も今の女性には逆効果。男性の――夫の言葉に女性は更に嘆きを深くする。

この女性は夫に嫁いできたものの、子をなせずにいるのだ。嫁して子を産む事は女の務めである。それを果たせぬ女性の苦しみは如何ばかりか。同じ女である菫子は心を痛めた。

――きらり。

不意に、菫子の視界で何かが光る。

きらり、きらりと輝くそれは、女性のほっそりとした指の隙間から覗いていた。

女性の手にあるのは、虹を閉じ込めたかのような不可思議な輝きを放つ玉だった。

大きさは小指の爪先程の、美しい輝きを湛(たた)える石。まるで氷桜達の本体が持つあの輝きのような、あやうい美しさを持つ結晶である。

菫子は何故かそれを酷く懐かしいと感じた。

菫子が見つめるなか、女性は寄り添う夫を振り払い、一歩また一歩と歩いていく。

そして天を仰いで石を両手で持つと、悲痛な声音で願いを呟く。

『どうか、どうか、わたくしに子を授けてくださいませ、後生にございます……』

夫の制止を振り切って、女性はこくりと白い喉を鳴らしてその石を嚥下(えんげ)する。すると、風に倒される儚き花のように女性の身体が傾ぐ。

『――!!』

夫が慌てて抱き留め、妻の名を呼びながら細い身体を揺さぶる。夫が息を確かめ安堵したところを見ると、意識こそないものの命は無事であるようだった。

やがて夫の叫びを聞きつけた人々が集まってきた。その場は俄かに慌ただしい靴音で騒がしくなる。

菫子には何故だか、女性が飲み込んだ石が何かに変わったのが分かった。かすかな波動を持つ何かが二つに分かれ、女性の胎に留まっている。

（あれはなに？　……この方達はだれ？）

菫子は知りたくて女性に手を伸ばそうとするけれども、近づくどころか遠のくばかり。

ふわふわと浮き上がる感覚がして菫子は気づく。去る時が来たのだ、この夢なのか現なのか曖昧な空間から。

あの女性を、あの男性を、もう少し見ていたかった。何故かはわからないけれど、懐かしくて慕わしい感じがしたからだ。

菫子の意識は、徐々に徐々に現へ戻っていった。

「……夢……？」

ゆっくりと瞼を開ける。

目に映るのは見慣れた光景。珂祥伯爵邸の離れの寝室の天井である。ゆるやかに感覚が戻ってきて、自分は寝台の上にいるのだと気づいた。

夢を見ていた。大概はどんな夢を見たのか目覚めた時には忘れているのに、ぼんやりとであるが皆覚えている。

まるで本当にあった出来事を見たというような感覚だった。

(不思議な夢だった……)

奇妙に思いつつも、菫子は起き上がろうとした。

しかし、出来なかった。手を動かそうとしても指一つ動かせない。身体が酷く重い。

そもそも何故、寝台にいるのかを思い出す。沙夜の帰りを待つ内に、急に身体を焼くような痛みを覚えてその場に倒れた。何かの責め苦でも受けたかと思う感覚だった。

思い出せたのは、それだけである。気が付けばこの通り、寝台の上で指一つ動かせない有様だ。

「……おかしな、夢……」

声は掠(かす)れていた。

知らないはずなのに、あの人々が酷く懐かしく思える。外套の女の声を聞いた事がある気がして、作務衣(さむえ)の男と対峙していた黒い外套の男を知っている気がして、あの男性と女性に会った事がある気がして。

「あれは……誰……？」

考えようとするけれど叶わない。声が徐々に力を無くしてゆく。

菫子は、深い眠りに落ちていった。夢すら見ない、深い深い眠りに。

第十章　月下に想う

董子が倒れて間もなく。知らせを受け、駆けつけた氷桜を出迎えたのは珂祥伯爵だった。

恐縮した様子の伯爵は、董子は命には大事ないが、今は眠りについていると口早に説明する。体調不良といっても一時の事であるから婚約に障りはないと主張した。どうやら伯爵は、娘の体調よりも氷桜の翻意（ほんい）の方が心配らしい。

見たかったのは伯爵の面ではなく董子の顔であるというのに。寝顔でも良いから確かめたかったたが、ひたすら下らぬ弁明を聞かされた。

不快を隠さずに、尚も言い募る伯爵を制して屋敷を辞した。あのままでは、いずれ手が出てしまった気がする。

氷桜の姿が珂祥伯爵邸の門を出て暫し後の事。姿が消えたかと思えば、次の瞬間には氷桜は董子の寝室にあった。

聞こえるのは董子の微かな吐息のみ。命の気配が何時もより弱弱しい。

董子は起き上がる様子はなく、余程深い眠りについているようだ。そうして氷桜が一歩踏み出そうとした時だった。

「菫子様に、近づかないで……！」

女の震える声が響いた。

氷桜は完全に虚を突かれた。僅かに目を見開いてそちらを見ると、紺色の着物にエプロン姿の女中がいる。この女中は初めからそこにいたのかと、気づかなかった事に驚く。

沙夜は氷桜を見据えながら菫子を守るように立ちふさがる。恐れがあるのだろう、きつく握られた手は微かに震えていた。

「貴方が人ではない事は存じています。……それでも」

絞りだすような声に、氷桜は沈黙を返す。その圧を跳ね返すように沙夜は叫ぶ。

「菫子様は私の大切なお嬢様！　あやかしに連れていかせるなど、そんな事はさせません！」

その瞬間、沙夜を中心に半円の光が生じる。完全に不意を突かれた氷桜は後退った。

「お前、は……」

茫然と呟く氷桜の目前で、沙夜は淡い光に包まれていた。恐らく沙夜には自覚はなく、蒼褪め氷桜を睨みつけたままだ。

細められた氷桜の灰色の双眸が、沙夜の胸元に浮く何かを捉える。

それは指輪であった。虹を閉じ込めたような不思議な光彩を放つ、涙の雫型の石を嵌め込んだ指輪。繊細で流麗な銀線と金線の細工で彩られた小花の意匠、懐かしい細工を施した、長らく行方の知れなかったもの……

「菫子の傍にいたのか。……涙石」

他ならぬ菫子を救うために探していたものが目の前の女中であると気づいた氷桜は苦い顔をする。そう、この女と菫子の命は並び立たないのだ。それはかつての『呪い』に起因している。

奉じる神を殺した者にかけられ、その血族が引き継ぐ呪い。それ故、定命である人の中でも彼の者の血族は特に短い命を負っている。神のこころが世に残る限り。

だからこそ探していたのだ。

——殺すために。

氷桜は身構える沙夜を見据え、彼女を斬り伏せる武器を喚ぶために右手に光を収束させようとする。けれど光は集まる前に霧散して、氷桜は深い溜息をつく。

この女を殺せば、菫子は泣くだろう。己の行いが招いた菫子の孤独の中、この女中は心の拠り所であったという。今でも菫子が女中の名を呼ぶときには、大事に思っている事が分かる響きが滲む。

（……菫子を生かすためには、この女を殺さねばならない。だが、それでは……）

　この女を殺せば、間違いなく菫子の心は死んでしまう。終わりのない嘆きに沈み、憎しみに彷徨(さまよ)う生きた屍(しかばね)になるだろう。

　殺せない、殺してはならない。

　次の瞬間、氷桜の姿は煙の如く消えていた。


　それから暫く経ち、氷桜の姿はとある施設の落成記念の宴にあった。

　煌(きら)びやかな灯りに照らされた華やかな会場には似つかわしくない、退屈そうな色が灰の瞳には宿っている。隠そうという努力はしていないが、美貌に目が眩んだ周囲はそれに気づかない。

　本来であれば、この招きに氷桜は菫子を伴うつもりであった。けれど菫子は床についたまま。故に一人でこの場にいる。正直、ずっと菫子の傍についていたかった。

　しかしあの女中がついている以上、今自分が顔を出すのは得策とは言えない。それにあの女中がいれば、菫子は一まず安全ではある。むしろ、迂闊(うかつ)にあの女中を刺激するのは避けたかった。

　けれど、菫子の体調を蝕(むしば)む原因を考えると放ってはおけない。あの女中が、探していた存在であった事を氷桜は苦々しく思った。どうにかして当初の方法——あの女中を殺す以外の術を見つけねばならない。

氷桜は宴に出席するくらいならば、それを探したかった。菫子は来られないのだからと招きを断ろうとしたけれど、有無を言わせぬ笑顔で告げる者がいた。

人を娶り、人の中で暮らすつもりであれば、人の付き合いというものも知れと。

本心としては無視をしたかったが、そうは行かない。神久月氷桜という仮初の役柄を作るにあたり、その力を利用しているからだ。日頃好き放題にする事への釘差しと思えなくもなかったが、致し方なかった。

繰り返される単調で退屈な話に、氷桜は人の付き合いとは斯くも面倒なものかとうんざりしていた。

菫子を妻に迎えるための設定では、氷桜は若くして陸軍少佐であり、子爵家の主である。それだけで衆目を集めるには十分であるというのに、氷桜は人には稀な美貌の持ち主。宴に集った貴婦人方の視線を惹きつけてやまないのも無理はなく、氷桜が呼ばずとも自然と人は集まる。

突然、会場で大きなざわめきが起こる。どうやら新たな賓客が到着した様子だ。責任者らが数名駆けて行き、その者達より年下の正装の少年を出迎えている。

刀祇宮唯貴である。この施設の建設には皇族も関わっているので、唯貴が招かれるのは不思議ではない。

視線を感じたのであろうか、唯貴の眼差しが氷桜を捉える。そして、灰と夜色の視線が交錯した。火花が散りかねぬ応酬。それは当然である。互いに忌々しく思っているのだから。

けれど、すぐに唯貴は優しく穏やかな貴公子に戻り、奥へ去って行く。

氷桜は、つまらなそうにひとつ溜息を零(こぼ)したのだった。

宴もたけなわの時を過ぎて人々がそろそろ帰り始める頃。

頃合いを見計らい、氷桜は主催者に挨拶し、玄関へ向かう。

まだ人目があるので迂闊(うかつ)に跳んで消えるわけには行かない。あと少しで玄関というところでふと立ち止まる。

通路に立ちふさがっていたのは、唯貴だった。見えるのは唯貴だけで、供の姿はない。恐らく一人で会場を抜けてきたのだろう。先程までの貴公子然とした少年の笑みなどどこにもなく、相手を忌々しく思う心と憎悪に燃える男の表情をしている。

再び火花を散らす眼差しの応酬が始まる。が、沈黙を破ったのは氷桜だった。

「……お前は何者だ？」

「それはこちらが聞きたい、あやかしめ」

唯貴の声に好意は欠片もなく、嫌悪のみがある。

しかし、それは氷桜とて同じ事だ。肩を竦めて息をつくと、相手への嫌悪を隠しもせず問う。

「……お前の背後にいる者が、大方の見当は付けているのだろう？」

「……百歳を経ずして付喪神と化した規格外の付喪神、石華七煌。……その一柱」

「其れだけ知っていれば十分だ」

忌々し気に答える唯貴。氷桜は否定とも肯定ともつかぬ言葉で答える。

「貴様には……海を越え来た大凶異。……フィオリトゥーラの指輪が与していいるな？」

氷桜は目を細め、異国の響きを持つ名を口にする。その言葉に僅かに唯貴の夜色の瞳が揺れた。それは氷桜にとって言葉より雄弁な肯定の証だった。

フィオリトゥーラの指輪。それはかつて菫子と会話した際にも口にした、海を越えて来た付喪神である。呪いの指輪は、人の世に大きな災いをもたらしてきた。遠い異国では、王族すら巻き込む数多の悲劇をもたらしたとされる大凶異。

「フィオリトゥーラの指輪は歴史の影に潜るために、巧みにその気配と正体を隠したというが……涯雲の下を離れる前に、その気配を少しだが感じた事がある」

瞳に、少年の身体に絡みつく紅い残滓が見えた。刹那の対峙では朧げであったものが、こうして対峙すればありありと分かる。

それは、氷桜が過去に垣間見た気配でもあった。

神の技を持っていた哀しい職人の下で、付喪神として目覚める事なく微睡んでいた頃の事。意思も世界もまだ曖昧であった中で、あの紅い気配は良くないものであるという警告を彼の中に残していた。恐らく目覚めるのが間近という時に、氷桜達が今の預かりの主の下に送られたのはそれ故であろう。

「海を越え遥か異国からきた、紅い災いだ。……涯雲を終生魅了して已まなかったものだ」

涯雲は死が訪れるその時まで、異国の紅い災いに魅せられ続けた。災いと分かっていてもなお、海の外から連れて来た指輪を手放す事も壊す事も出来なかった。

（故に、あの男は……）

僅かな追憶から戻り、唯貴に改めて向き直った氷桜は溜息交じりに続けた。

「……お前に、俺の力が及ばなかったのは其の所為か」

相手は当代の刀祇宮だ。ある程度は対抗し得る力を持っているのだろうが、それだけとは思えない。もう一つの要因があるとしてもだ。ならば、答えは自ずと明らかだ。

氷桜の言葉を聞いた唯貴は、弾かれたように笑った。それは毒を含んだ嗤いだった。

「それならば、僕は指輪さんに感謝しなければな！　菫子を悲しませずに済んだのだから……」

歯を食いしばり拳を握りしめて、何かに耐えるように唯貴は続ける。

「お前を菫子の婚約者として認めていたかもしれないなんて、考えただけで反吐が出る」

どこまでも憎しみと嫌悪の籠った眼差しに、氷桜は嘆息する。唯貴の滾る眼差しを静かな双眸で真っ向から受け止めた。

「凶きものを滅する力を持つ、刀奉じし血の主。……何故お前は、菫子を求める？」

「菫子を愛するからこそ。それ以外に理由が必要か？」

それ以外に理由はない。唯貴の夜色の瞳はそう告げている。

あまりにも簡潔で揺るぎない答えを聞いて、氷桜は灰色の双眸を伏せる。再び開けた時、灰の瞳に宿っていたのはあまりに厳しい光。意を決し、重々しく告げる。

「……同じ血を求めるは災いしか呼ばぬぞ、核石」

その言葉が発せられた瞬間、唯貴が放ったのは純然たる殺気だった。触れられたくないものに触れたと言わんばかりの空気の変化である。唯貴が纏うのは、触れるだけで相手を斬り刻みそうな剣呑な雰囲気であり、まるで毛を逆立てた獣だ。相手の気配が瞬時に変わったのを感じ取り、氷桜は表情を変えぬまま、静かに身構える。

一触即発、まさにその時だった。

「殿下……！　刀祇宮殿下……！」

唯貴を呼ぶ声が遠く聞こえる。会場を抜けた事が露見したのだろう。声は徐々に大きくなり、声の主が近づいている事を告げる。

殺気で張り詰めた空気は玻璃が割れるように消失し、気が削がれたとでも言うように舌打ちしながら、唯貴は氷桜の脇をすりぬけた。

すれ違う瞬間、低く昏い呟きを残して。

「……僕は。……奪われたものを取り戻すだけだ」

少年の背は、見る間に消えていく。氷桜は、少年の姿が消えても眼差しを向けていた。

少年の想いが及ぼす暗い陰りを氷桜はただ見つめていた。

一触即発の邂逅の数日後。昇ってきた繊月を背に氷桜の姿は空にあった。月の光を受ける髪を風に遊ばせ、灰の双眸の見下ろす先には珂祥伯爵邸の離れがある。何事か起こった気配はなく、菫子はまだ床に臥せっているのだろう。

菫子はまだ夢と現を行き来している状態であるという。現に戻る事が多くなっていると聞いたので、それが確かならば回復してきているという事ではあるが。

依然として婚約に障りはない事ばかり主張する伯爵を鬱陶しく思いながら、伯爵邸を辞したのは夕刻の事である。

本音を言えば、寝顔であっても顔を見たかった。だが、菫子の傍には氷桜に敵意を向けるあの女中がいる。今はあの女中を刺激したくない。刺激して、更に覚醒してしまったらば苦しむのは他ならぬ菫子である。

氷桜の裡に渇望が生じる。菫子の顔を見たい。白磁の頬に触れたい。玲瓏たる声を聞きたい。無事を確かめて、儚げなあの身体を抱きしめたい。

氷桜は未練を断ち切るように宙を蹴り、白く輝く二日月を背に空を駆ける。

氷桜が脳裏に浮かべるのは、先日対峙した唯貴の姿だった。

同じように、菫子を渇望する男。同じ女を求める、天を共に戴く事が叶わぬ男。あの男は綺麗なまでに歪だ。あまりに正しく歪だから、誰もそれに気づかない。歪なまま、菫子だけに意味を見出し菫子だけを求めている。

けれども、と氷桜は思う。己も人の事を言えた義理ではないのだと。

己もまた歪なのだ。恐らく己の本質はとうの昔から狂っている。

氷桜の脳裏に蘇るのは、昔日のある時。

菫子が未だ思い出していない記憶。氷桜が菫子を欲するようになった瞬間の記憶であった……

氷桜が好んで過ごしていたあやかしの領域にある水辺の花園に、ある日人の子供が迷い込んできた。

唐突に現れた幼子を珍しく思い、戯れで色々と構ってやると眩い陽光を思わせる満面の笑顔で喜ぶのが存外に気に入った。構ってやる事暫し、幼子ははしゃぎ疲れたのか氷桜の隣に腰を下ろし、ゆるやかな沈黙が流れた。

言葉を紡ぐ事なく水面の煌めきを見つめていた氷桜は、ふと視線を感じた。先程まで見せてやった様々な戯れを全身全霊で喜んでいた幼子が、円らな瞳で此方を見ている。

『……如何した？』

『おにいさまが、ないているから』

『……俺は泣いてなどいない』

鉄面皮を動かす事なく言い切った言葉を聞いて、幼子はゆるゆると首を左右に振る。

『……でも、ないているのです』

幼子が哀しげに眉を下げるので、今度こそ氷桜は返す言葉を失う。

付喪神でありながら異質なもの。そのなかでも更に異質なのが、自分。

己は何なのか。それを聞きたくても作り主はもうおらず、預かりの主は答えない。

答えを与えてくれる者は居らず、己では見出せず、一人で無為に過ごす日々だった。

それが今迄も、これからも変わらず続くと思っていた。

それなのに、突然飛び込んできた幼子は迷わず己を見抜いた。そして、温い手を伸ばしてくる。

幼子は胡坐をかいて座したままの男の頭を抱きしめる。

『なかないで』

『……俺は、泣いてなど……』

男は同じ言葉を繰り返すけれど、幼子を振り払う事は決してしなかった。

心がふわりと温かい何かに包まれているような心持ち。心に刻まれたひびが癒されていく。

不思議な娘だと氷桜は思った。傍にいるだけで安らいだ心地がする事に気づいたのだ。今まで人を個として認識した事も無ければ、こんな風に安らぐと思った事もなかったのに。

氷桜は思った——この少女が欲しいと。

己の傍に置きたい。自分に添うて欲しいと強く願った。この手を離したくないとも。

愛らしい幼子は、いずれ美しい娘となるであろう。成長したこの娘が自分以外の誰かに寄り添う姿など、想像するだけで怒りがこみ上げる。己の中にこんな激しい感情があったのかと戸惑う。

不可思議な感情だと氷桜は心の裡で呟く。目の前のあどけない幼子が己に教えた感情に目を見張るばかりだった。

——人はそれを『初恋』と呼ぶ。そう呼ぶには男の感情は、些か歪んで捻じれていたが。

求婚すると、幼子は頷いた。

欲しいと思うのだから手に入れてしまえば良い。その者が、己のものとなる事を承諾したのだからそれでいい。菫子さえ隣にあれば良い。他のものなどあってもなくても同じ事だ。

氷桜はそう思っていたけれど――恐らく今でも心の底ではそう思っているけれど――菫子は、あの日涙を流した。それは、氷桜が菫子のみを見ていた事、考えていた事の帰結である。

欲しいと思うから手を伸ばす、それだけでは駄目なのだと知った。それを教えたのも他ならぬ菫子である。

氷桜は菫子の笑顔が見たいと願った。あの日、幼子が浮かべた陽光の如き笑みを、今の菫子が浮かべるのを見たいと。

ただ一つの望みを胸に抱き氷桜は月下を跳び続けた。

（本当に、困ったもんだ……）

紅の華やかな髪色に緋色の瞳の少女――緋梅は盛大に嘆息する。その理由というのは……

「あたしは、こういうのは得意じゃないのに！」

桧造り（ひのき）の建物の一室で緋梅は自棄（やけ）になって叫ぶ。少女の前には書物や巻物があり、周囲にも堆（うずたか）く積まれている。それらの山を見て、再度盛大に溜息をつき床に寝転んだ。

緋梅は元々勉強家でもなければ読書家でもない。なのに、何故このように古い文献を紐解いているかというと、ある呪いの解き方を探すのに協力してほしいと氷桜に頼まれたからだ。

梅の文様の着物の裾をふわりと浮かせて床に俯せると、本の山が目に入る。お行儀が悪いとは思っても、緋梅は肘をついて三度目の溜息と愚痴を零（こぼ）す。

「こういうの、あたしより得意な人いるよね？　術が得意な人もいるし、邪気払いに長けている人だっているよね？」

勉強嫌いの例に倣（なら）い書物の山を見て頭痛が抑えきれぬ緋梅は、ごろごろと行儀悪く転がる。正直、放り出して逃げてしまいたい。

けれど、氷桜は『頼む』と頭を下げたのだ。

驚愕のあまり顎が外れそうなほど大口を開けてしまった。それに、氷桜は術や邪気払いに長けた者達と折り合いが良くないので、確かに自分が一番頼みやすかったのだろう。

緋梅は過去の出来事に思いを馳せた。

あれは氷桜が菫子と出会って間もない頃。神宮に寄り付かない彼を、あの手この手で説き伏せて呼び出した時の事である。

緋梅を含めて七名が集った。見た目は年齢も出で立ちもまるでばらばらだ。

その中の一人、氷桜と同じ年頃に見える者が重々しく唇を開いた。身なりは女人にしか見えないのだが、声は紛れもなく男のものである。牡丹の意匠の美しい帯留が見る者の印象に強く刻まれるだろう。

「お前、一体何を考えている」

「何をと謂われても、事実の侭だろう」

男の問いかけに対する氷桜の返答は、実に素っ気なかった。悪びれたところなど欠片も無い。

恐らく氷桜は何故呼び出されたのか分かっていないだろう。帯留の男の怒りを滲ませた言葉などどこ吹く風といった様子に、男の眉が釣りあがる。しかし、男は息をつき、努めて抑えた口調で続けた。

「あんな年端もいかぬ童女に『縁の華』を渡すなぞ、何を考えているのかと訊いている」

「……嫁になるかと聞いて頷いたから与えた。……其れが如何した」

無言のまま立ち上がろうとした牡丹の男を、緋梅は必死に宥めた。

同席していた男女は、次々に氷桜に対する非難を表す。

「色々な趣味嗜好があるのは認めるがなあ……。普通、あんな子供に渡すか……？」

「そもそも、何を問われたかもわかっていないような幼子でしょう？」

「……お前、そういう奴だったんだな」

「こんのろくでなし！」

矢継ぎ早に繰り出される言葉にも、氷桜は動じない。

仲間達の非難の声は夜を徹して続いた。特に、帯留の男の追撃が凄まじかった事を覚えている。途中で手が出るどころか得物に手をかけそうになったのを、緋梅がしがみ付いて止めたのだった。

話し合いは大騒ぎとなり、預かりの主がとりなしに現れるまで続いたのだ……


あの日の騒動を思い出すと、緋梅の口からは溜息しか出ない。

同胞達は氷桜の所業と歪んだ初恋に気づいて頭を抱えた。

石華七煌の中でも最強の力を持ちながら、きっての変わり者。仲間にすら気を留めず重きを置かぬ男。そのような男の捻じれた独占欲が、よりにもよって一人の人間の幼子に向いた。幼子をそのまま自分達の領域に連れてこなかった事が奇跡に思えた。

仲間総出で説得したが、氷桜はなかった事には出来ないとの一点張りだった。最終的には預かりの主を引っぱり出し菫子が年頃になるまでは迎えるのを我慢するように説き伏せたのだ。それが出来る最大限の事だった。

もし無理に仲を裂こうとしたら、氷桜は仲間であっても敵対するのを厭わなかっただろう。菫子は仲間にすら許されなかった居場所を得たのである。

仲間の纏め役の男が言った事がある、氷桜は歪んでいるのだと。

菫子を求めた故に歪んだのか。歪んでいたから菫子を求めたのか。その両方であり、どちらでもないのだろう。

きっと氷桜の時間はこの世に生じた時で止まっていたのだ。けれど、歪を生み出しながら歳月だけは流れ続けた。それが菫子という時計の針を得た事で動き出したのだろう。

恐らく氷桜の本質は今もまだ歪んだまま。あの男はいざとなったら世界を菫子とそれ以外とに容易く分けるだろう。狂気とも言い得る独占欲と執着は存在している。

けれど、氷桜は変わろうとしているのだ。人の心を手探りして、己の心すら探って知ろうとしている。

以前の氷桜なら、迷わず涙石の女を殺していた。けれど今は出来ない。菫子を想うからこそ、彼女が大事に思う相手を殺せない。

全ては菫子のため。菫子を愛するために。

変わろうとする氷桜に、自分がしてやれる事は何か。緋梅は物思いを終えると勢いよく立ち上がり叫んだ。

「よーし、やってやる！　こうなったら他の皆も巻き込んじゃえ！」

緋梅は駆け出し、書物の部屋から飛び出す。仲間のため仲間の下へ向かう少女の足音は、木造りの床に軽やかに響くのだった。

菫子が意識を戻し始めて数日後。

処は珂祥伯爵邸の離れ。寝台に眠る菫子の白い顔を、沙夜は心配そうに見つめながら傍らに控えていた。眠れる主人の世話を甲斐甲斐しく焼きながら、一日の大半を菫子の枕辺で過ごしている。

菫子は意識を戻してもぼんやりするばかりで、またすぐに眠ってしまい会話は出来なかった。けれども少しずつ意識のある時間が増えている。

あの日倒れている菫子を見つけた時、心の臓が凍り付くかと思った。すぐさま医者を呼んだけれど悪いところはないと言われた。

その後、ある可能性に思い至り更に血の気が失せる思いがしたものだ。菫子の婚約者を名乗る男が、彼女を隠そうとしているのではないかと。

あの男は人ではない、あやかしであると菫子は言っていた。それを裏付けるように、あの日あの男は空間を飛び越えてこの部屋に現れた。男はすぐに消えたが、震えは終ぞ止まらなかった。

得体の知れぬ力を持つ人ならざるものなど、恐ろしいに決まっている。けれど、沙夜にとってそれ以上に恐ろしいのは、このまま菫子を失う事だ。

眠る菫子の顔色は白磁よりも白い。苦しげに伏せられた瞳は未だに開く事はない。

白くほっそりとした手を取ると温かく、沙夜の頬が少しばかり緩む。

沙夜の脳裏に蘇るのは昔日の春。

傍にいると約束した時の菫子の眼差しを今でも覚えている。目を潤ませながら沙夜を見上げた少女がおずおずと差し出した手の温かさを思い出しながら、沙夜は誓いの言葉を口にしたのだった。

「菫子様、沙夜の大切な菫子様。……お守り致します、沙夜の命にかけて」

第十一章　そして扉は開かれる

陽が落ちて、再び昇り……

（わたし……いったい……？）

菫子は己が自室の寝台にいるのが分かった。けれど、目を開ける事も身動きする事も出来ない。

ただ分かるのは、自分が現(うつつ)へ戻ってきたという事だけ。ぼんやりとしていて些か怪しいが、夢の中ではないという確信はあった。未だ意識が曖昧(あいまい)な菫子の耳に、話し声が聞こえてくる。

『寝たままで良いものを起こすから、こんな事になったのでは？』

『でも、番犬代わりにはなったみたいだし。どうせ貴方は平気でしょ？』

『……彼女が平気じゃない』

『まあまあ、どうせそう長い事ではないわ』

片方は男で、片方は女。それは分かるけれど、それ以上は分からない。何を話しているのかと、問いかけたくても叶わない。

菫子の意識は闇へ沈む。頬に何かが触れたような気がしたが、そのまま菫子は眠りに落ちた。

そして、どれくらいの時が経ったのか分からないが、菫子はゆっくりと目を開けた。徐々に視界が明らかになり、見慣れた寝室の天井が目に入る。

手を動かそうとすると、緩慢ではあるが動かせる。もう少し力を込めると起き上がる事も出来た。

菫子は上半身を起こして、ゆるりと室内を見回す。そこは間違いなく見慣れた菫子の寝室で、寝台の横の椅子に腰かける沙夜と目が合った。

「菫子様……！　起き上がられて大丈夫なのですか……？」

「ええ、大丈夫みたい……。心配かけてごめんなさい……」

沙夜は涙すら浮かべ菫子に抱きつきかねないほどである。そんな沙夜を見つめながら菫子は僅かに苦笑し謝罪した。そして、首を傾げて問いかける。

「……誰か来ていたのかしら？」

「いえ、沙夜はどなたのお姿も拝見しておりませんが……」

沙夜は首を傾げる。誰も来ていないのなら、あれも夢なのだろうか。どこか現めいた奇妙な夢だったが……

沙夜から、ここ暫く自分が夢と現を行き来していた事を知らされる。菫子がはっきりと目覚めた事で、沙夜は旦那様に知らせて参りますと母屋へ駆けて行った。

一人残された菫子は思索に耽る。

繰り返し奇妙な夢を見ていた。妙に現実めいていて、まるで本当にあった出来事ではないかと思うような夢だった。目覚めても感覚を覚えている、普通とは違うおかしな夢。菫子の体調が悪くなるごとに現実味が増す不思議な夢……

(わたしは、一体どうしてしまったのだろう……)

菫子の裡なる問いに答えられる者はいなかった。

蒼穹澄み渡る晴天の日、とある皇族が主催する園遊会が開かれた。庭師がさぞ丹精したであろう花々は見事に咲き誇り、庭園に設えられた西洋式の卓子が並ぶ一角に人々は集い、笑いさざめく。

菫子は白ぼかしの地に、紅から薄紅と濃淡のある桜の文様を散らした振袖を纏い、桃色の地に桜模様の帯を締めていた。艶やかな振袖と菫子の清楚な容貌は、人を惹きつけてやまぬ佇まいである。

男性は心を奪われたかのように注視するが、菫子の隣にいる流麗な陸軍将校の鋭い眼差しに怯えすぐに視線を外す。

 やや離れた場所には、正装を纏い喜色満面で出席者達と語る父の姿があり、どよめきが聞こえる様子から察すると、恐らく婚約の話をしているのだろう。

咲き乱れる百花は目を楽しませ、供される西洋菓子や茶は舌を楽しませてくれるけれど、未だ万全とは言えぬ体調に菫子の心は重い。

暫くの間、原因不明の不調のために床に臥す日々が続いたが、ここ最近は落ち着いていた。あの身体の内を焼かれるような痛みと苦しみを思い出すと心が凍る心地がする。だが、医者は悪いところは見当たらないと言った。

（なら、あの苦しみは何だったの……？）

不安が消える事は無かったが、時の流れと共に菫子の日々は元に戻ろうとしていた。

園遊会に氷桜と出席するように、と父の命が下ったのはそんな頃だった。

どうやら菫子が床に伏していた間に噂が流れたようである。『あの不幸の菫子さまの不幸がついに自身に及んだらしい。婚約も危ういのではないか』と物見高い人々は好んで囁いていたそうだ。

父にとっては不本意この上ないものであったらしく、体調が芳しくない娘に宴に出席するように命じた。父は忌々しさと不機嫌さを隠そうともしなかった。婚約の危機という悪評を払拭するため、この園遊会で娘とその婚約者を使う事にしたというわけである。

氷桜はこのような場に積極的に出席する性質であるはずがない。おそらく、父が菫子を餌に引っ張り出したのだろう。

怜悧なかんばせは何の色も映さぬように見えるけれど、そこにあるあからさまな退屈の色に菫子は気づいていた。遠目には気づかないだろうが、敏い人であれば気づくであろうと菫子は声をかける。

「神久月様」

聞こえているはずなのに返答はない。この距離とこの声、聞こえない訳がない。

またかと溜息を零して、再度名を呼ぶ。

「……氷桜様」

やはり返答はない。確信犯、そんな言葉が脳裏を過る。

口の端が僅かに引き攣り、握りしめた拳に力が籠る。落ち着けと自分に言い聞かせて深い溜息をつき、もう一度呼びかける。

「……氷桜……」

「何だ？」

さも、今初めて聞こえたように振る舞う氷桜に、苛立ちが募らなかったといえば嘘になる。握りしめた手には先程よりも力が籠った。

この男は、名で呼ばぬと返事をしなくなったのだ。しかも、敬称もいらぬという徹底ぶりである。

　菫子が起き上がれるようになると、氷桜が頻繁に訪れるようになった。

　あやかしなりに心配してくれた事が密かに嬉しくて、心を少し許したのが運の尽き。気安く名で呼ぶようになったのが悪かった。名を呼ばれるのが余程嬉しかったのか、それ以後どのような場においても斯(か)くの如しである。

　年上の殿方を、それも仮にも将来の夫と決まった相手を呼び捨てるなど淑女の振る舞いではないと道理を説いてはみたが、そもそも人の理(ことわり)など通じぬあやかしである。ほどなく、仕方ないと諦めた。

「早々に学ぶとは良き事だ。菫子」

「……世間の淑女は、年上の殿方を呼び捨てにはしないのですが」

　顔を背けて憎まれ口を叩く。逆らう事は諦めたけれど、受け入れたわけではないのだ。

　この男を、心の裡を読めない不気味な男と思ったのも今は昔。不遜な気性でありながら、実直で素朴なところもあり、それでいて……

（……子供より、解りやすい……）

　大妖も注視する規格外の付喪神、人の道理など通じないあやかし。

　しかし、その中身は子供のようである。菫子が望みを叶えれば他者には分かりづらいだろうが喜んでいるし、叶えなければ意地になる。扱いやすいと言えば確かにそうなのだが、氷桜は子供ではない。そしてそれ故の厄介さもある。

今日、菫子が纏う晴れ着とてそうである。

当初は唯貴が以前贈ってくれたものを着ようとしたのだが、その事を知った時の氷桜の拗ね方は子供のようでありながら、間違いなく大人の男のものだった。

『俺を伴うのに他の男からの贈り物を着る、と……』

確かに選択としても、露見した事についても迂闊であったのは認める。

顔色を無くす菫子と沙夜に、氷桜はそう言い捨てて帰っていったと思えば、次に訪れた時、振袖と帯を持ってきた。それも、俺のものだと主張するように桜の文様が満開に咲き誇ったものである。

未婚の女子に振袖を……等人の道理はもちろん通じず、説得しても聞き入れられるはずもなく、菫子が折れた。

これを纏うにあたり、お前は俺のものだという独占欲を痛いほど感じる。自分は物なのか、者なのか。

理不尽と胸の裡で呟き、不思議な胸の熱を感じた菫子が氷桜に話しかけようとした時だった。

「……いつの間に、名前で呼び合うほど仲が良くなったのかな？」

靴音と共に響いたのは吹き行くそよ風のように優しく穏やかで、同時に冷たい怯えを呼び覚ます声だった。

振り返ると、烏（からす）の濡れ羽色の髪に夜色の涼やかな瞳を持つ、白皙（はくせき）の少年がいる。世の女子が御伽噺（おとぎばなし）の王子様と憧れてやまぬ唯貴が、いつの間にか近くに来ていた。今日の園遊会の主催者が唯貴の後見人である事を考えると、彼がいるのは不思議ではない。

本来であれば、その姿を見て覚えるのは安堵のはずだった。あやかしの我儘について彼に訴えの一つでもしようというものである。けれど出来ない。無意識のうちに一歩後退ってしまう。

（どうして……）

こわい、と思ってしまったのは何故なのか。

唯貴は笑みを浮かべていた。いや、浮かべているように見えた。しかし、彼の夜色の瞳には一片の笑みも宿っていない。ちぐはぐな雰囲気に、初めて彼を怖いと思ったあの日を思い出す。

一歩下がった菫子を守るように進み出たのは氷桜だった。貴婦人を守る西洋の騎士のように唯貴の眼差しから菫子を隠して立つ。その裡に宿るのが、嫉妬か愛しさかは窺い知れないけれど。

　二人は互いにしか言葉の届かない距離に間を縮める。黒と灰の眼差しが交錯し、火花が散ったと錯覚するほどの激情が水面下で燃え盛っている。蒼褪めたまま両手で口元を覆う菫子には、まるで獰猛な虎と龍の戦いのように見えていた。

「……貴様に何の関係がある？」

「名を呼ばせて喜ぶとは随分と幼稚だな。反吐が出る」

　氷桜の声には吹雪を思わせる冷たさがあり、唯貴は舌打ちと共に貴公子の面をかなぐり捨てて呟く。幸いと言うべきか、それを耳にしたのはあやかしだけだ。

「ほう？　間に入れぬのが悔しいと？」

　氷桜の口の端に浮かぶのは皮肉な笑み。

「何……？」

　揶揄を込めた言葉に、唯貴の瞳が一際剣呑な光を帯びる。それを見て氷桜は更に続ける。

「ならば、子供は子供らしく交ぜて欲しいと素直に頼んでみたら如何だ？」

「……っ！」

　己の優位を確信する氷桜を睨めつけ、唯貴は唇を噛みしめ拳を握る。

　二人以外には聞く事が叶わない応酬である。密談するような距離、涼やかな眼差しと囁きにて何を語っているのだろうと思っても、今にも殴り合いになりそうな煽り合いをしているのだとは誰も考えないだろう。

　相手を貫く刃のような眼差しの競り合いと菫子の目には映っていようとも、美しい男が並べば人目を引くのは仕方ない。

　見目麗しい二人の男の間に美しい女が一人。

　高貴な方々の間では、唯貴が水面下で菫子の婚約に物申しているという事は知られている。意地の悪い令嬢達の中には、名高い貴公子と若き陸軍将校を両天秤にかける悪女と菫子をそしる者もいる。そんな噂も相まって衆目が集まりだした事を感じた菫子が、氷桜の裾を引こうとした時だった。

「唯貴、それくらいにせぬか」

　重々しく低い響きが届いた。言葉はゆったりとしていたが、圧はかなりのものである。

　煽り合っていた二人と蒼褪めて見ている事しか出来なかった一人だけでなく、ただ一言で全員の視線を集めたこの人物こそ、唯貴の後見人であり本日の園遊会の主催者である壮年の皇族であった。女子教育に熱心で、菫子の通う女学校にも多大な支援をしている方である。

　後見人に制された唯貴は反論の機会を失い、悔しそうな様子で唇を引き結ぶ。灰色のあやかしを憎しみを込めて一瞥した後、後見人の後方に控えた。

　菫子は慌てて礼をとり、氷桜も一呼吸おいて彼女に倣う。それを手で制しながら、壮年の宮が話しかけてきた。

「唯貴がすまぬな。菫子嬢、神久月子爵」

「……い、いえ、畏れ多い事でございます、殿下」

　恐縮しながらの礼はちゃんと取れていただろうか。唯貴と氷桜の一触即発の空気が消えて、漸く息が出来た気がする。

　しかし、それも束の間の事だった。

「そういえば、二人は来る吉日の婚礼が決まったらしいな。女学校の学長が、学校きっての才媛を失うと嘆いていた」

　壮年の宮は苦笑する。

　菫子は、衝撃で言葉を失った。白磁のかんばせは色を失い、唇はわななくばかりだった。

(結婚の日取りが決まった……？　わたしの？　学校を辞める事まで……？)

　まさに寝耳に水としか言いようがなかった。婚約しているのなら、いずれは結婚するのは覚悟しておくべきである。だが、菫子は先だってまで床に伏しており、具体的な日取りは決まってなかったはずだ。

　壮年の宮はまだ話していたけれど、脳裏に疑問が駆け巡る菫子は何と答えたか分からない状態だった。

当たり障りなく答えてはいたのだろう。壮年の宮は唯貴を促してその場を後にする。

唯貴は顔色を無くして立ち尽くしていたが、瞳の奥には滾るような暗い感情が渦巻いている。恐らく氷桜を問い詰めたかったのだろう。けれど再度促され、氷桜を険しく一瞥すると足早に後見人に続く。

残されたのは、菫子と氷桜の二人だけ。

氷桜に知っていたのかと問いかけたかった。菫子が知らぬところで父と話を進めていたのか。今まで知らない振りをしていたのか。

けれど、氷桜の顔を見るのが怖い。変わらぬ顔色で「そうだ」と返されるのが怖くて。

(……少しは近づいたと)

心に宿る熱が少しでも傍にあったと想いたかった。それは幻だったのだろうか。

唇を噛みしめる菫子が見たのは、氷桜の表情に滲む困惑の色だった。

「……俺は承諾していない」

「……え？」

氷桜は、静かな怒りを堪えそう言った。

(どういう事……？)

どうやら氷桜も寝耳に水であったらしい。どういう事かと問う間もなく氷桜は足早に父の下へ歩き出す。菫子は慌ててそれを追う。

二人が近づいてくるのを認めた父は、談笑していた人々から離れ歩み寄ってくる。氷桜は努めて冷静に父を詰問した。

「如何いう事だ。日取りを決める話は、まだ先にすると話したはずだ。次の吉日にしたいという話、承諾した覚えはないぞ」

予想していたのだろう。父は露ほども動じる事はなかった。他の方々には見えないように、あくどい笑みを浮かべる。

「ここで否定して、娘に恥をかかせるおつもりか？」

氷桜の顔に激しい怒りの色が滲む。父の胸倉を掴みそうになったのを、菫子は必死で止めた。このような場所でそんな事をさせる訳にはいかない。氷桜にとって不利益にしかならない。気にするような男ではないのは分かっているけれど、それでも嫌だった。氷桜は菫子の意志を読み取り動きこそ止めるものの、怒りは収まらない。

氷桜は日取りを先延ばししていたのだろう。——恐らく菫子の身体を慮って。つまり、全ては父の独断なのだ。

氷桜を押し止めたまま、菫子は父に戸惑いの眼差しを向ける。顔色は白に近いほどに蒼褪めている。父は、およそ娘を見つめるものとは思えない表情をしていた。そうして冷たく非情な声音で言い放つ。

「また倒れでもして、身体の弱い娘など要らないと破談になっては適わぬからな。……漸く(ようや)お前を屋敷から片づけられる機会だと言うのに……」

「俺は、菫子に何があろうと破談にするつもりなどないと……」

父は大仰に肩を竦め溜息をつく。氷桜が反論しても聞く様子はない。そして、後見人と共に他の出席者と談笑しながらも、菫子への注意を断ち切れない唯貴に視線を向けた後、吐き捨てるように告げる。

「呪われているだの、不幸を呼ぶだの有難くない噂ばかりの癖に、宮様をたぶらかしたなどという醜聞まで……」

違うと訴えたかった。けれど、何を言っても無駄なのだと気づいていた。あながち間違いではないとどこか投げ槍に思う自分もいる。諦めが胸を支配し、心の裡から色彩が失われて行く。

「儂も屋敷の皆も、もう我慢の限界だ。長女の癖に家の役にも立てずにいたのだ。せめて、このご縁を失わずに家に報いてみせろ」

父の唾棄するべきものでも見るような眼差しには、娘への愛情など感じられなかった。あるのは、ただ疎ましく忌み嫌う感情だけ。

あまりにも冷酷な父の様子に、氷桜は剣呑な叫びを発した。

「貴様、仮にも其れが父の言葉か……？」

氷桜は菫子を振り切って、腕を伸ばそうとした。けれど。

「いいのです」

激した男を鎮めたのは、どこまでも玲瓏たる菫子の声だった。

氷桜は何かに打たれたかのように動きを止め、灰の眼差しに戸惑いを宿して菫子を見つめた。菫子のうつくしい顔に浮かんでいたのは、花のような微笑みである。

「分かりました、お父様。菫子はお父様のお決めになった日取りで嫁ぎます」

菫子は穏やかに微笑んで頭を垂れた。嫋(たお)やかなその仕草には逆らいの意思など微塵も存在しない。父に従う娘の手本といえるものだった。

菫子の言葉に気をよくしたのか、父は鼻を鳴らすと再び招待客の方へ向かった。

残された二人の間を、重苦しい沈黙が支配する。

氷桜が事態を苦々しく思っているのが分かる。すまぬと聞こえた気がする。

「いいのです」

菫子はゆるゆると首を左右に振る。柔らかく微笑むけれど、そこには感情は一切存在しなかった。抜け落ちた。虚ろなまま菫子は言葉を紡ぐ。

「私の居場所はもう、あの家にはないのです」

盛大な支度は厄介払いするための虚しい見栄。準備をする屋敷の皆が本当に喜んでいたのは、自分が屋敷から消える事なのだ。

分かりきっていた事ではないか。既に諦めていた事に何を嘆く必要があろうか。

失うのではない。最初から何もなかったのだ。愛されていない事など、最初から分かっていたではないか。

そう、開こうとしたからいけないのだと再び閉ざして鎖する。

（そう、わかりきっていた事。……わたしの何時も通り……）

「私の居場所は、もうどこにもないのです」

言葉を失う男を前に、菫子はどこまでも虚ろだった。


それからの記憶は曖昧で朧気なものだった。氷桜は必死に何かを伝えようとしていたが、気が付けば菫子は屋敷に戻っていた。沙夜と薔子が帰宅した菫子を見て驚いていた事、二人が父に何事か物申していた事を少しだけ覚えている。

その中で自分はふらふらと離れに戻り、寝台に倒れ伏した。

このまま意識を失ったら、またあの夢を見るのだろうかとぼんやりと思う。出来るなら夢を見ずに眠りたい。

叶うならば、もう二度と目覚める事なく、深く。

その願いは虚しく、再び菫子の瞳は開かれた。

目の前に広がる、見慣れた寝台を覆う敷布の白。身体をゆるりと起こすと、離れの寝室の風景が映る。

菫子は晴れ着のまま寝台に伏していた。静かに起き上がると、意識をはっきりさせようとゆっくり頭を振る。

硝子窓の外は既に暗く、冴え冴えとした光を放つ三日月が夜の静寂を照らしている。

菫子は酷く疲れている事に気づく。このままでは、いずれまた倒れ深い眠りにつくのは明らかである。

(着物に皺が出来てしまう……。着替えなきゃ……)

着替えのために、まず沙夜を呼ぼうとした。その時、言い様のない違和感を覚える。

「……沙夜?」

応えはない。沙夜が寝室にいないのであれば、どこかに控えているのだろうか。

(いえ、違うわ……沙夜は離れにいないのだわ……)

何故かそう感じた菫子の表情が強張る。

離れにいないだけなら、特筆すべき事ではない。母屋に赴くなどして空ける事は普通にある。

(ううん、そうじゃない……)

自分がいるのは屋敷の離れの自分の寝室のはずだ。何時もと同じ馴染みある場所のはずである。けれど、何かが違う。上手く言葉に出来ないのがもどかしい。

「沙夜……どこ……？」

沙夜の姿が見えない事に、黒雲のように不安が膨らむ。

（沙夜がいない……沙夜が感じられない……沙夜が……）

菫子はゆっくりと寝台から降りた。その足は僅かに震えている。

沙夜の名を呼びながら歩いても、その姿を見つけられない。

（離れにいないなら、きっと母屋に……）

そう思った菫子は、離れの入り口の扉にそっと手をかける。そして、動きを止めた。

何故かそれ以上動けなかった。菫子の心を理由のない戸惑いが占める。

何時もと同じように扉を開けて母屋へ向かえばよい。なのに。

（何故、こんなにこわいの……？　何故かこわくてたまらない）

母屋へ顔を出して叱られる事がこわいのではない。この扉を開け、外に踏み出す事が怖い。取り返しのつかぬ何かが起きるという予感がするのだ。

けれど。

（沙夜……）

沙夜の温かい微笑が、菫子の脳裏を過る。彼女の安否を確かめたいという願いが恐怖に勝った。

大きく息を吐き、震える手に力を込めて扉を開ける。

それが、己の運命を決する扉である事を知らずに。

第十二章　紅の狂気に微笑う

菫子は夜風に髪を遊ばせながらも足早に母屋へ向かう。母屋とは左程離れてないはずだが遠く感じてならない。足がもつれて中々前へ進めない。気は急いでいるのに。石畳を進んで台所に近い裏口の扉から入る。この時間であれば、台所に下女中がいるはずだ。嫌な顔をするだろうが、今は気にしている場合ではない。それにもしかしたら沙夜は台所にいるかもしれない。そう思いながら台所へ足を踏み入れる。

足元からぴちゃりと濡れた音がした。水でも零れているのかと視線を落とす。

（……あかい）

最初はぼんやりとそう感じた。

水たまりは赤かった。台所の床が紅く染まっていて、一面に紅い絨毯（じゅうたん）でも敷いたのかという風情である。

すぐにそれを認識する事が菫子には出来なかった。けれども、日常との強烈な差異を告げたのは咽返（むせかえ）るような匂いだった。命を失う際に流れ出る緋の発する――血の匂い。

何か大きな動物を捌いたのだろうかと心を落ち着かせようとする。だが、次の瞬間に視界に飛び込んできたのは、見慣れた女中達の姿だった。

何時ものように菫子の姿を見ては顔を顰めたり嘲笑を浴びせたりしない。冷えた朝餉を供する事ももうしないだろう。

彼女らは魂の無い身体となり果てていた。女中達は床や壁に寄りかかり事切れている。掻き切られた喉首の肉が見える切り口を晒し、血を噴き出しつくしたであろう姿を見て、希望を持つなど到底出来はしない。

「……っ、きゃぁぁぁぁぁあ」

館の空気を切り裂くような菫子の絶叫が響き渡る。

菫子は一歩また一歩と後ろへ下がり、廊下の壁にぶつかった。身をびくつかせて立ち止まると、ふと胸にせり上がるものを感じる。膝を突き、血の臭気で催して胃の腑にあるものを床に吐き出した。激しく咽込み苦しくて涙が滲む。

(どうして？　どうして、こんな事に……)

どう見ても自然に起きた事でもなければ事故の類でもない。到底そう思えるものではない。何故このような事が起こっているのだと考えても答えは出ない。彼女達も語る事など当然出来るわけがない。

思考が空回りし、菫子は動けなかった。それでも。

（このままにはしておけない……誰か呼ばなくちゃ……）

ふらつきながらも壁を頼りに立ち上がり、歩もうとしたその瞬間。

（……誰も来ない……？）

先程、菫子は声の限り叫んだのだ。けれども誰も駆けつける気配がない。いくら疎ましい疫病神（やくびょうがみ）であろうとあれだけの悲鳴を上げれば、何かあったのかと駆けつける者がいるだろう。しかし、足音は一つも聞こえて来ない。

人の少ない屋敷であれば誰にも聞こえなかったという事もあり得るが、この屋敷は家族と書生達、下男に女中と大所帯なのだ。先の悲鳴を誰も聞きつけなかったというのは考えにくい。

ならば可能性としては一つである。

（なにか、あったの……？）

菫子は自分を叱咤するように首を振り、意を決して母屋の廊下を進み始める。なるべく台所を見ないようにしながらその場を後にした。

屋敷内を満たす静寂。灯りこそ皓々と灯っているけれど、どこか寒々しい。身震いする自分を温めるように、或いは震えを抑えるために、己の身体を両腕で抱きしめながら進み、前方に人影を見出してほっとする。

階段のある吹き抜けのホールの入口にいたのは、家令だった。胸を撫でおろし、台所で起きた惨劇を伝えようと菫子は駆け出した。

そして、菫子の足が止まる。再び声の限り叫ぶ。

家令はそこにあった。壁に寄りかかるようにしていた。腹に大きな孔を開けて。見開いた目に光はなく、苦悶の表情の骸とまたも咽返るような血の臭気があったのだ。

そこにいたのは家令だけではない。そこには父付の書生の一人。あそこには下男の一人。皆揃って腹に孔を開けて倒れ伏し、紅き溜まりに顔を浮かべている。

菫子が無意識のうちによろけて壁にぶつかると、ごとりと家令の身体が床に倒れ硝子玉のような瞳が菫子を捉えた。

(一体、何がこの屋敷で起こっているの。何故、皆が死んでいるの……?)

菫子は蒼褪めながら心の裡で叫ぶ。

自分の意識がない内に、この屋敷にどのような災いが降り注いだのか。何があって、女中達も家令達も物言わぬ身体となり果てているのか。

彼ら彼女らは決して慕わしい人々ではなかったけれど、このように命を終える事を望んだ覚えなど一度としてない。荒い吐息を零しながら俯く菫子の頬を一筋二筋と涙が伝う。

屋敷の人間が無惨な姿を晒している今、菫子の大事な人は無事なのか。

(沙夜は……薔子は……?　お父様は……弟達は?)

二度の菫子の叫びにも人が動く気配はない。足音一つない事に気づき、菫子の胸を不吉な考えが満たす。吐き気がこみ上げるけれども、もはや胃の腑に吐き出すものはなく咽込むばかり。

壁や手すりを支えに鉛のように重い足取りで屋敷の二階へ進む。父の書斎や弟妹達の部屋がある二階は、呼びつけられない限り足を踏み入れぬ場所である。

階段を昇り終え二階の廊下に踏み出した菫子は、弟妹と女中の姿を見出した。何時もの憎まれ口はもう聞こえない。彼らもまた物言わぬ骸となり果てていた。

弟と妹の死を前にして、もはや菫子は悲鳴すら出なかった。ただ、それが薔子や沙夜でなかった事に安堵するばかり。そんな自分の考えに嫌気がさすけれど、心が麻痺しつつある菫子には目の前の出来事を事実として感じられない。

弟妹と女中が死んでいるという事は理解出来た。喉を切り裂かれ断面をさらして、或いは腹の風穴を晒して、心臓を貫かれた姿のまま倒れて動かない。

分かる事は一つ。何者かが屋敷の者達を手にかけている。自死でも事故でもないのはもはや明白である。

ならば、それをなしているのは何者か。人であるのか、或いは人ならざる者か。

（……まさか凶きもの？）

菫子は灰色の流麗な美貌の男をふと思い出す。これが、もし凶きもの――凶異の仕業ならば、何故氷桜はここにいないのか。菫子の危機には駆けつけると約束したのに。来られない何かがあるのか、或いは。

——凶刃の主は彼のあやかしなのか。

その可能性に菫子は息をのむ。

(まさか……いいえ、そんなはずが……)

あり得ない。いや、そう思いたくない。そして、そう思った自分に驚愕する。

何時の間にそう思うようになっていたのか。一度は拒絶したあやかしを何時の間に信じ頼りにしていたのか。

氷桜は守ると言ってくれたのだ。それを信じたい。

たまらなく顔が見たかった。人の道理など通じない癖に、子供のようなところもあるあやかしの顔を。大丈夫かと、あの低い声で問いかけて欲しかった。

胸元の守り袋に無意識に手をやり、泣き出したい心を必死に堪え足を進めると、いつの間にか父の書斎の重厚な扉の前に辿り着いていた。

一度、扉を叩くけれど応えはない。二度三度叩いても、応えはなかった。書斎にはいないのだろうかと思ったものの、意を決して扉を開く。

父はそこにいた。平素であれば応えを得ずに足を踏み入れれば、父の逆鱗に触れただろうがそれはなかった。

父は物を言いたくとも言えぬ身体となり果てていたのだ。父は身を二つに、頭と胴体とに分かれてそこにあった。衝撃で息が止まるかと思った。

身体は毛足の長い舶来の絨毯（じゅうたん）を濡らす赤の中に倒れ、頭は書斎の机に置かれていた。苦悶（くもん）の表情をして白目を剥いた顔は見るに堪えず、口から舌がだらりと零れている。

父が……血は繋がらないとはいえ、父と思ってきた人が惨（むご）たらしい姿で事切れている。

菫子は全身全霊で叫んだ。自分が悲しいのか、怒っているのか自身にも分からなかった。

父も弟妹も屋敷に仕える人々も、皆、無惨な姿を晒している。このような真似をしたのは一体誰なのか。

菫子は何かに突き動かされるようにその場から駆け出した。女中の亡骸（なきがら）を、下男の亡骸（なきがら）を目にしてもただ走り続けた。この惨劇を起こした何者かへの激しく突きあげるような感情を抱え、未だ姿が見えない沙夜と薔子の無事を知りたくて。

薔子の姿は私室にはなく、亡骸（なきがら）もない。一度安堵の息をついた菫子の耳に微かな、本当に微かな女の声が届いた。

「沙夜……!?」

一度は切望するあまりの空耳かと思った。しかし、これは紛れもない沙夜の声だ。

よく聞き取れないが、何かを問いかける言葉が切れ切れに耳に流れてくる。菫子は弾かれたように声の方へ駆け出していた。

（沙夜だ……！　沙夜は声が出せる……沙夜は生きている！）

突き動かされるまま裏階段を駆け下り、庭園へ続く廊下に足を踏み入れる。

そして、そこに切望していた人の姿を見出した。

「沙夜！」

廊下の曲がり角の向こうを見据える沙夜がいた。袖口は紅く染まり、着物にも緋が散っているのが見える。怪我をしているのかもしれない。

それでも沙夜は生きている。菫子は瞳に明るい光を宿して駆け寄ろうとした。

「いけません……っ！　来てはなりません、菫子様！」

沙夜が鬼気迫る形相（ぎょうそう）で叫んだのと、菫子が足を止めたのと。

そして、沙夜が赤い飛沫を上げて壁に叩きつけられたのは、ほぼ同時であった。

「さ、よ……？」

目の前で起きた出来事が信じられない。菫子はよろめきながら歩み寄る。

壁に打ちつけられ床に転がった身体から紅の血が広がりつつあった。咽返（むせかえ）るような赤の匂いが、その場を支配していく。

視界が揺れて焦点が定まらない。菫子は糸の切れた操り人形のように力なく膝をつく。

一回、揺さぶる。けれど沙夜は応えない。

二回揺さぶって、やはり応えない。

三度目なら。

淡い期待を抱いて揺さぶっても応えはない。希望は消えた。

命の音が、鼓動が聞こえない。命の灯が見えない。生きている証を感じられない。

「さよ？　どうして？」

先程までは、息をしていたのに。自分に叫んだのに。

沙夜の心臓は鼓動を打っていなかった。菫子の視界を占めるのは赤、緋、赫。沙夜の命の灯が消えたのを示す色だけ。

(何故、何故、何故)

菫子の脳裏を埋めつくすのは、その言葉ばかりである。現実とは思えない。いや、思いたくない。沙夜の魂がもうないなど信じたくない。生きていたのに、先程まで話していたのに。

菫子の心の裡を激しい感情が駆け抜けた。その黒い感情を人は憎悪と呼ぶだろう。

沙夜を奪ったのは何者なのか。屋敷の者達を手にかけたのは。一体誰が何のために。

千々に乱れた心のまま、菫子は庭園へ通じる通路に険しい眼差しを向ける。

そして菫子の動きが止まった。

――ぽた。

雫の滴る音がする。菫子は唇を震わせて、闇色の瞳で見つめる。それ以外に、何をする事も出来ない。

――ぽたり。

またひとつ雫が滴る。硝子窓から差し込む月光を反射する鋼の刃を染めて、床へ落ちる。鉄が錆びたようなにおいがして菫子は眩暈を覚えた。

――ぽた、ぽた。

雫は一つ又一つと滴る。紅い赤い命の雫。床の溜まりに倒れる親しい存在が流した紅い色。もう彼女は倒れたまま動かない。衣服が最初から赤かったのだと思うほどだ。視界を鮮烈な紅が占める中、対をなすように白い顔のまま菫子は床に座り込む。何もかも信じられない。質の悪い夢にしか思えない。そこにいる誰もが、何もかもが悪い夢でしかない。闇色の目を閉じて、悪夢が消えている事を願って開けた。

しかし、そこには先程と変わらず少年が立っている。刀を紅に染めたまま。

「良かった、目が覚めたんだね。起こしに行こうと思っていたんだ」

少年はその場に不釣り合いな優しい声音で菫子に声をかける。美しい花を手に屋敷を訪れた時のように。出かけた先の公園で手を引いてくれた時のように。そしてあの夜、あの指輪を贈ってくれた時のように。どこまでも優しい、御伽噺の王子のような微笑を湛えて。

血塗れの刀を手にしていたのは、菫子の本来の婚約者――唯貴だった。

「唯貴、さま？」

「うん、そうだよ？」

微笑みながら唯貴は小首を傾げる。きょとりと不思議そうな様子だった。そして、座り込んだままの菫子に歩み寄ろうとした。

――こつり。

靴先に、血だまりに倒れた沙夜の亡骸がぶつかる。沙夜を斬り伏せたのは。

「ただたか、さま」

「菫子、どうしたの？」

その名以外は紡げない人形になったかのように、その言葉しか知らない赤子になったかのように繰り返す菫子に唯貴は微笑む。

「もうこれは必要ないからね。これがあれば僕達は永く生きられないから」

一度、二度、三度。唯貴は沙夜の亡骸へ刃を振り下ろす。引き抜くと肉を滑る生々しい音が耳を震わせる。彼の眼差しは壊れた玩具を見るようなつまらなそうなものだ。

菫子に向ける微笑は変わらないけれど、亡骸を見る瞳は底冷えするほど暗い光を宿している。

菫子は必死に考える。けれども、理解が追いつかない。今ここにある何もかも理解出来ない。心の中で問い続ける。

どうしてねえやは倒れているの。

どうして唯貴様は血に塗れた刀を手にしているの。

どうして唯貴様がねえやを殺したの。

しかし、どれだけ問おうとも答えなどでない。問いは空回り、菫子の言葉を奪っていく。

（どうして。どうして。どうして。）

頭を駆け巡るのはもはやその言葉だけ。菫子は魚の如く口を動かすけれど、言葉を紡ぐ事は出来ない。血塗れの刀を手にした唯貴が手を差し伸べようとするのを、茫然と見つめる。

唯貴は柔らかく慈愛に満ちた微笑みを浮かべ、優しく誘うような甘美な声色でささやく。

「迎えにきたよ、菫子」

（にげなければ）

この手から、この人から逃げたい。この手に囚われてはいけない。この手は深淵へ誘う手だ。

それなのに足が動かない。駆け出したいのに、僅かに後ろに下がる事しか出来ない。

白い手に怯えながら、菫子は己を叱咤する。

（一歩でも、逃げなくちゃいけないのに……！　お願い、足、動いて……！）

唯貴の手が触れると思った瞬間、伸ばされた白い手が消え失せた。

鋭く空を斬る音がして、唯貴の姿は菫子から離れたところにあった。その代わりに菫子の目前にあったのは見慣れた背中。灰色の髪を持つ将校姿の男である。

「……氷桜」

飛び退って斬撃をかわした唯貴は現れた人影を認め口の端を歪める。

「……現れたな、あやかし」

菫子を守るように姿を現した氷桜の手には、彼の本体である美しい懐剣がある。既に光を束ねて紡いだかのような刃が形をなしていた。

氷桜の姿に、懐剣の輝きに、知らず知らずのうちに菫子は安堵する。日常とかけ離れたこの空間がそうさせたのかもしれない。菫子の身体の強張りが少しだけ解けた。

「……結界に手間取った。……遅れてすまなかった」

氷桜は菫子を庇いながら静かに謝った。何時もと同じ感情を覚えさせない様子だが、違う事を知っている。菫子は自分を想う氷桜の心に気づいている。

げる。

菫子は必死で首を左右に振る。氷桜は僅かに目を細め、唯貴に視線を戻しながら告げる。

「下がっていろ、菫子」

「貴様が菫子の名を呼ぶなっ……！」

氷桜が菫子の名を呼んだ瞬間、唯貴の顔から笑みが消える。唯貴は激しい憎悪を露わに、顔を歪めながら叫んだ。あまりの激しさに一瞬菫子は身体を強張らせたが、氷桜は意にも介さない。

「そこまで、同じ血を求めるか。核石」

怜悧な灰の瞳に厳しい色を浮かべ氷桜は唯貴に告げる。

「かくいし？」

菫子は首を傾げる。聞いた事はないはずなのに、どこか懐かしい魂に触れる響きだ。

(いえ、違う、聞いた事があるわ……)

そう、一度だけ、氷桜と初めて出会ったあの時に耳にした。

『ああ、お前は刀奉じし血の……そうか、お前……核石か』

幼い自分は何を言われているのか分からなかった。今も核石が何か分からない。けれど何故か、何時ぞやの夢で見た、七つの刃を持つ刀が転じた七つの欠片と一つの玉が脳裏を過る。それに。

「おなじ、血……？」

菫子は我知らず呟く。

「その男も、お前も。……同じ核石が人の形をなして生まれたものだ」

氷桜は目を伏せ、もう一度開けて淡々とそう言った。

不思議な響きを帯びる核石。それが人の形をなして生まれたのが、自分と唯貴。物に宿る付喪神が人の形をとるように、核石が人の形をとり菫子と唯貴が生じたと氷桜は言った。

(わたしと、唯貴様？)

どこの馬の骨とも分からぬ菫子と、由緒正しい皇族である唯貴。全く別の生まれであるはずの二人がまるで同時に生まれたようではないか。

同じように、同じものから。それではまるで。

氷桜は続けた。決定的とも言える唯一つの事実を。

「お前とその男は、兄妹だ」

兄妹。同じ血を持つもの。父を、母を、同じくするもの。

(誰が？　わたしと、唯貴様が……？　おかしいわよ、違うって、言わなくちゃ……)

まるで物語のような作り話だと、あまりに荒唐無稽だと笑おうとした。でもやはりそれは叶わない。笑おうとして強張った彼女の顔は引き攣っていた。或いは泣き出しそうな表情にも見えたかもしれない。

ありえないと思うのに、否定の言葉が紡げない。菫子の中で感じる何かが邪魔をする。

すると、それまで黙っていた唯貴が昔話をするように語り始めた。

「先の刀祇宮妃……母上は、嫁いで長らく子がない事にお悩みでね。……苦しまなければ馬鹿な真似はしなかっただろうに」

宮家に嫁して後継ぎをなせなかった妃の苦しみは如何ばかりか。唯貴の声音には同情の色が滲む。

菫子の脳裏を過るのは、以前見た不思議な夢の一場面。子がなせぬ事を嘆く妻と慰める夫の姿。それは不思議なほど、菫子と唯貴に似ていなかっただろうか。

何時か見た夢へと記憶を巡らせる菫子を見つめながら、唯貴は静かに言葉の続きを紡ぐ。

「七支刀（しちしとう）が失われた後、刀祇宮家に残されていた核石に願をかけ、飲み込んでしまったんだ。石を飲むなんて、何だか苦しそうだよね」

苦笑する彼の言葉を菫子は呆然と聞く。

妻が取り込んだ石がどうなったのか。胎（はら）に降りたそれがどう変化したのかを思い出し菫子は愕然とする。

「核石は二人の赤子になって母上の腹に宿り、そして生まれた。ある意味、人の胎を介した付喪神と言えるかもしれないね」

それは特異なもの。人を介して生まれたけれど、人の姿をした人ならざるものだ。

唯貴の夜色の眼差しと菫子の闇色の眼差しが交錯する。そして、何時もの優しい微笑みを浮かべて唯貴は続けた。

「それが僕達だよ、菫子」

氷桜が告げた突拍子もない事実を唯貴も肯定した。菫子には、その笑みが歪なものに思える。

唯貴は一体何を言っているのだろう。菫子には分からなくて……分かりたくなくて。

自分と唯貴は兄妹だという。それも双子の。

事実が孕む毒が、少しずつ菫子の心を蝕んでいく。

「男女の双子は不吉だとする風習があるからね。それ故に君は死産だと……生まれた事を無かった事にして養子に出された」

双子は畜生腹と言われ、男女の双子は心中者の生まれ変わりと忌まれる。正しい血筋であれば、尚更であろう。

そうして、その不吉をなかった事にした。それこそが刀祇宮家の出産の際にあった秘事。跡継ぎである唯貴が女児と共に双子として生まれたなど公に出来ない。女児は生まれた事すらなかった事にされ、妃には死産であったと伝えられた。そして娘は人知れず養子に出された。

「その先がここ、珂祥家だ。……厳密にいうと、珂祥夫人にだね」

「唯貴様は、それを知っていたのですか……？」

知った上で婚約したのか。承知の上で双子の妹である自分を娶ろうとしたのか。菫子の問いを読み取った唯貴は悲しげな表情で頷いた。

「……君と出会った時は知らなかった。でも君との婚約を進める内に知った」

出会ったばかりの頃の唯貴の微笑には、何の陰りもなかった。負の感情なく向けられる笑顔を眩しく思いながらも、心に温かなものが宿るのを感じていた。

それすらも偽りだったのかと疑念抱いた菫子だったが、唯貴はそれを否定するように首を振り、瞳を僅かに伏せながら続ける。

「絶望したよ、初めて好きだと、この人が欲しいと思った人が妹だと知って。……知らなかった頃は幸せだった。ただ君を想っていられたころは良かった」

知らずに出会い恋をした。愛しい相手との未来を夢見ていた最中、真実が告げられる。そして、少年は全てを悟る。

不意に唯貴の表情が変わる。かしゃりと何かが壊れて、崩れて、剥がれ落ちるような音が聞こえる。

「でもね、良い事を教えてくれる人がいたんだ」

唯貴の笑みには、裏も表もない純粋な喜びがあった。名案であったと心から信じている様子しかない。

(聞きたくない)

そう拒む菫子を他所に、唯貴は続ける。

「消してしまえばいいんだ、真実を知る者を。そうすれば誰も知らない事になる。……それは無かった事になる」

無邪気に喜ぶ子供のように唯貴は告げる。元より血の気の消え失せていた菫子の顔が更に白くなった。

つまり、唯貴は真実を知る者を消したのだ。

かしゃり、かしゃりと崩れ落ちていく音は止まらない。それは唯貴が壊れていく音だったのだろうか。菫子の瞳から一雫涙が落ちた。

ごめんなさい、と知らずの内に菫子の唇から零れる。

(こんなに追い詰められていた事に……こんなに壊れていた事に気づかなかった)

菫子の心の裡を占めるのは悔恨である。救う事が出来たかもしれないのに、優しさに甘え続けた。一つ、また一つ雫が落ちる中、氷桜の声が耳に届く。

「お前の所為ではない。壊れる事を選んだのは、あの男だ」

菫子の心を読み取ったかのように氷桜は言う。氷桜は灰の眼差しを唯貴に据えている。氷の刃を思わせる鋭い視線で見据えられても、唯貴の笑みは揺らがない。変わらず穏やかなままだ。

「強いて誰かの所為と云うなら、……奴の所為だ」

氷桜が唯貴を……いや、その後ろに視線を向ける。

つられて顔を向けると、先程まで誰もいなかったそこには小柄な少女の影があった。

その人影に菫子は覚えがあった。先まで必死に探していた内の一人である。

「薔子……？」

家族の中で唯一、自分を慕ってくれた異母妹である。屋敷の者達が倒れ行く中、無事だったのかと菫子は胸を撫でおろした。けれど、次の瞬間に強烈な違和感に襲われた。

――唯一、慕ってくれた、異母妹。

屋敷の中で孤立した自分、父母にも疎まれ異母弟妹達には嘲笑われ、離れで一人置かれ、自分には沙夜だけだったではないか。慕ってくれる異母妹など、どこにもいなかった。いなかったはずの者がそこにいる。

「薔、子……？」

菫子はかすれた声で彼女の名を紡ぐ。彼女は変わらぬ愛らしい笑みを浮かべている。何時もと変わらぬ笑みの、見知らぬあの子。

（……なら、あの子はだあれ？）

菫子には分からない。

「ようやっと気づいたのね、お姉様。貴方に、薔子なんて妹はいなかったって」

くすくすと心から楽しそうに、面白くて仕方ないとでも言うように目尻に涙を滲ませて薔子は笑う。お腹を抱えて笑う少女に、菫子は気力を振り絞って問う。

「あなたは……誰なの？」

「私は、貴方が王子様と婚約を披露した夜から一緒にいたわ。……貴方とお話ししたのは弟さんのお弔（とむら）いの後だけど」

少女は、鈴を転がすような声音でそう告げた。

王子様とは唯貴の事だろう。あの日突然現れたこの子を、自分の妹と思った時点で既に少女の術中にはまっていたのだと気づいた。

薔子はこほん、と咳をすると、芝居がかった仕草で口上を述べる。

「海を越えた遥か先の英国にあるフィオリトゥーラ伯爵家」

異国の響きのする名は聞いた事があった。

氷桜が言っていた、海を越え来た禍つ付喪神。それと同じ名の海の向こうの伯爵家の名は、不吉と哀しみを帯びている。

「その伯爵家に由来する六つの装身具からなるパリュールというのがあってね？　あ、パリュールとは装身具の一揃いを言うのよ」

薔子は教師のような口調で耳慣れない単語を説明する。そして楽しげな笑みを浮かべて、スカートの裾をつまみくるりくるりと踊る。唯貴はやれやれとでも言いたげに肩を竦めて少女を見遣る。その言動は彼にとっては既知のものであるようだ。

少女は上機嫌で続ける。

「数多の呪いと不幸によって、様々な悲劇を演出したフィオリトゥーラのパリュールの最後の一つ」

少女がくるりと回った時、スカートの裾があり得ない拡がりを見せた。菫子は視界が黒く染まるのを感じて思わず身を引く。

少女がふわりと回ると同時に、ふわりふわりとドレスの長い裾が床に舞い降りる。気がつくと、既に愛らしい少女の姿は消え失せていた。

光を弾くように輝く黄金の髪に、切れ長で宝石を思わせる紅い瞳。口の端に艶麗な微笑を浮かべて佇むのは、見た事もない美貌の女だった。

女は黒の艶やかなドレスを優雅に捌いて、こちらへ向き直る。女の指には『指輪』がある。あの夜、唯貴が菫子に贈ってくれた、繊細で艶やかな薔薇(ばら)の意匠(いしょう)が美しい紅の指輪――女の瞳と同じ輝きを秘めるもの。

女は薔薇（ばら）のように艶やかな笑みを浮かべて告げた。

「私、フィオリトゥーラの指輪と申します」

そう言って、女は一礼する。広がるドレスの裾が優雅に菫子の目に映った。

これが氷桜の言っていた、海を越え来た禍つ付喪神である大凶異。遠くにいたはずのそれはこんなに近くにいたのだ。

「僕は指輪さんって呼んでいたけどね」

唯貴は場にそぐわないのんびりした声音で呟く。そんな物騒な指輪を自分に贈った意図が見えず、菫子は顔を顰める。その様子に気づいた唯貴は苦笑いしながら説明する。

「……厄介な虫がうろついていたから、虫よけにね」

唯貴の眼差しは氷桜に向けられている。氷桜から菫子を守るためだったと悟り、何とも言えない心持ちになる。自分は本当は誰から守られなければならなかったのか。味方は誰であり、敵と成り得るのは誰だったのか。今彼女を守る者、対峙する者は、菫子を取り巻いていたものと真逆である。菫子が見て来た世界は反転してしまった。

虫呼ばわりされた当の本人はというと、特に気にせずに灰の双眸を女に据えて低く唸（うな）った。

「お前が、涯雲が異国から持ち帰った紅い災いか……」

類まれなる技を持つ職人、涯雲。高みを目指し海を越えた先で、彼の人は如何にしてこの指輪と出会ったのであろうか。この指輪が災いをもたらす禍つ付喪神である事を知っていたのであろうか。

『……あの異国の紅い災いから離れる事が出来れば、今も美を紡いでいたであろうに』

菫子の脳裏に氷桜の言葉が蘇る。

涯雲は恐らく知っていたのではなかろうか。この指輪が悪しきものであるという事を。気が付いていたけれども手放せず、この指輪があるが故に命を落とした。推測に過ぎぬのだけれど。

「そう、ちょっとおイタがすぎたら、追ってくる奴らがいてね。……仲間みたいに壊されちゃうのは嫌だったのよね」

思案に沈む菫子の目前で、指輪は朗らかな笑みを浮かべ経緯を語る。

先程指輪は言った、己が最後の一つであると。つまり女の仲間は既にこの世にいないのだろう。仲間が女と同じ禍つ付喪神であるならば、災いを撒いた事により、何者かに倒されたのだろう。

女の言う、ちょっとしたおイタがそこらの子供の行うような可愛いものであろうはずがない。恐らく異国の地においても、女は追手がかかるほどの惨劇を引き起こしたのであろう。

「涯雲の師匠の職人が匿ってくれていたけど……。丁度いいと思ったから、涯雲に身を委ねて異国に逃れてきたというわけ」

説明しながら指を振る仕草は薔子そのものだ。涯雲を利用し、まんまと追手から逃げた女は悪びれた様子などない。傲慢なまでに勝ち誇った笑みを浮かべ、氷桜に告げる。

「貴方達、石華七煌は涯雲が私を思い浮かべながら作ったのよ。涯雲は終生私に魅せられていたもの」

まるで彼の人は己がものとでも言いたげだ。氷桜の肩がピクリと動くのが見えた。表情は見えないが、怜悧な面に宿るのは恐らく怒りだろう。菫子の瞳に映す事が叶うのは、女が更に得意げにする様子だけだ。

「でも、涯雲が死んでしまって私は持ち主を変える事になったの。そこの沙夜ちゃんのお父さんが、私『達』欲しさに涯雲を殺したから」

女は血だまりに倒れる沙夜をちらりと見て、そう言った。

菫子は少しだけ意外に感じた。女が紡ぐその言葉に暗い悔恨の陰がある気がしたからだ。この驕慢な指輪にそんな思いが存在しているのか。あくまで気のせいであるといえば、それまでなのであるが。

菫子の脳裏に、またもあの白と黒の不思議な夢の場面が過る。

——男二人が争っていた場面。二つの指輪を奪って消えた男に、見覚えがあると思った。数えるほどしか顔を合わせた事はないけれど、あれは沙夜の父親であったと今にして気づく。

傍らにある沙夜の亡骸（なきがら）の白い手を握りしめる。手は冷たくて、沙夜の死を嫌というほど知らしめる。それでも握らずにはいられない。

「その後、沙夜の父親が母上に指輪さんを献上したんだよ」

女に続いたのは唯貴であった。沙夜が言っていた、どこかの高貴な方に献上されたもう一つの指輪。宝石商が娘にも見せなかった指輪。それこそがこの大凶異たる指輪であったのか。

ばらばらであったはずの欠片が、かちりと組み合い始める。刀祇宮家に渡り、少年と指輪は出会ったのであろう。そして至るのだ、今日のこの光景に。

「あの方も大した方というか凄い方だったわよね」

女が言うのは、一時の主であった先の刀祇宮妃——唯貴と菫子の母の事だろう。称賛ともとれる言の葉を聞いて、唯貴の笑みが僅かに揺らぐ。それには気づかない様子で、或いは知らぬ振りをして女は続ける。

「女親って凄いのねえ。知らないはずなのに『あの子は私の娘です』ってわかるなんて」

その言葉に唯貴は笑みを消す。唯貴だけではない、菫子も更に蒼褪めて身体を強張らせた。

唯貴と眼差しがあった時、閃光に貫かれるような感覚を覚える。そして、菫子は知らぬはずの光景を見ていた。

これは多分あの日――菫子が刀祇宮邸を訪れた日にあった事なのだろう。刀祇宮妃は血相変えて唯貴の両腕を掴み、縋っていた。

今、菫子は唯貴だった。彼の目を通して、蒼褪める女性を見つめていた。彼の感情が菫子に伝わる。

『生きていたのです』

唯貴は最初、何を言われたのか理解出来ない様子だった。母が顔色変えて必死に言の葉を絞り出す様子から只事ではないと知る。

『死産のはずが無かったのです。だって、わたくしは確かに二人の産声を聞いたのだもの』

母は何を言おうというのか、と唯貴の戸惑いを感じる。出産の際にあった『秘事』

かされていた。


の事であろうかと。

唯貴は男女の双子として生まれた。けれど、女児は産声を上げる事も無かったと聞

少年は、母は何を言おうとしているのかと困惑する。

『わたくしにはわかります、あの娘は、菫子嬢は、わたくしの娘。あなたの妹です、唯貴』

言葉を拒むように、唯貴は首を左右に振る。掴まれた両腕に痛みを感じる。

そんなはずはない。妹は死んだのだ。皆そう言っている。母は今錯乱しているだけなのだ。死んだはずの妹が、菫子であるはずなどない。

必死に否定する唯貴を見つめる。思いつめたような母の瞳は菫子と同じ哀しい闇色……

あり得ない、それだけが彼の中にあった。そんな事があるはずがない。あってたまるかと繰り返すけれど、彼は口に出せない。

世界が壊れる音がする。信じて疑わぬ将来が奪われて行く。

茫然とし、立ち尽くす少年に紅い残滓が忍び寄る。それは哂いながら何かを彼に囁いて、彼の内に浸食していく。裡に響く声に、少年は呼応していき……

その場に不釣り合いなほどに明るく少年は微笑んでいた。彼はゆるく首を傾けなが

ら母を見つめ思う。

悲痛なその眼差しは菫子に似ていると。ああ、菫子がこの人に似ているのか。今ではもはやどうでも良い事だ。


ぱちんと弾ける感覚がして、菫子は目を開く。そこには先程までと同様の光景がある。

やや茫然としたまま、今のは幻だったのかと思いかけた。しかし、そう思うにはあまりにも不思議な感覚である。

(先の刀祇宮妃様は……おかあさまは、知っていた？)

一度だけお会いした妃は、菫子が己の娘であると気づいていたのだ。

それでは……と菫子の背筋に冷たいものが伝う。

生まれてすぐ死産と言われた、存在しない娘が生きていた。更に息子がその娘と婚姻を結ぼうとしている。正常な親であれば止めようとするだろう。

(おかあさまが、そうしようとしたならば)

唯貴は先程言ったではないか、知る者を消してしまえばと。

(なら、唯貴様が全てを無かった事にするために消した者は？)

そこまで考えて、菫子は闇色の瞳を唯貴に向ける。

脳裏を占めるのは、先の刀祇宮妃の急逝の報せだった。菫子は恐れ戦きながら、必死に唯貴を見据える。あの日、刀祇宮妃が唯貴にしたように。

「あなたが、殺したのですね。……お母様を、貴方が……！」

唯貴は何も言わず、微笑んでいる。それは何よりも雄弁な答えだった。菫子はよろめきながらも立ち上がり、唯貴へ歩み寄ろうとしたけれど、それを止めたのは氷桜だった。氷桜は灰の双眸に静かな怒りを宿しつつも、菫子を手で制した。

唯貴は夜色の瞳に不自然に穏やかな光を宿して、微笑んでいる。

「真実を知る者、君が心寄せる者、君に心寄せる者、君を傷つける者全てを消してしまえば、君には僕だけになる。……君は僕のものになる」

唯貴は歪（いびつ）なのだと、菫子は気づいた。とうの昔から歪（いびつ）であったのだと。けれども、あまりに正しく歪（いびつ）すぎて誰もそれに気づく事が出来ずにいたのだ。

唯貴は菫子に白い手を伸ばす。その白い手が紅く染まって見えて、その微笑みが美しくも凄惨に映る。菫子は血の気を失い、震えるだけだった。

「さて、もう話はいいよね？　……菫子は貰って行く」

唯貴は不敵な笑みを浮かべ言い放った。微笑いながら刀を氷桜に向ける。身を強ばらせた菫子を守るように間に立つ氷桜も光の刀の切っ先を唯貴へ向けた。

「……させるとでも？」

二人の間に流れる空気が、徐々に剣呑さを増す。双方から放たれる殺気。互いへの殺意を二人とも隠さない。張り詰めた空気は触れれば斬れるのではないかと錯覚するほどである。

氷桜の答えを聞き、唯貴は嗤った。

「思わないさ。……だから、答えは一つだな！」

そう言うなり、唯貴は迷わず氷桜の喉首を狙って刀を繰り出す。

刀が氷桜に届いたかと思った刹那、固く澄んだ音と共に、氷桜の刃が受け止める。

一つ激しい音が響き、両者はそれぞれに後方へ跳び退る。刀を構え直して、じりじりと一歩ずつ間合いを詰めていく。お互いを正面に捉えて、刀を中段に構え言葉なく睨みあう。双方一閃。再び刀と刀が迫り合い、耳障りな音を響かせる。

菫子の瞳は二人の動きを追うので精一杯。わかるのは、二人の技量がかなりのものであろうという事だけだ。

甲高い音と共に二人が再び距離を取り、唯貴がやや前のめりに氷桜の懐に飛び込む。刀を右斜め上の宙空へ振り上げると、一歩引いた氷桜の顎先ぎりぎりを唯貴の刀の切っ先が斬る。

避けた氷桜はくるりと身を回転させ、左上から斬り伏せるように刀を繰り出す。あわや急所に氷桜の刀が迫り、唯貴は刀の向きを変えて受け止める。

戦う二人に言葉はなく、纏うのは沈黙と殺気、或いは戦いの高揚。それぞれに守りたいと願うもの、得たいと願うものは一緒。望みをかなえられるのは一人だけ。二人は並び立つ事が叶わない。双方並び立つ気など毛頭ない。

激しい鍔迫り合いがなされる中、唯貴の刀が僅かに揺らいだのを氷桜は見逃さなかった。

氷桜が光の刀を繰り出す。菫子はその斬撃を目で追う事すら出来なかった。幾閃かが辛うじて光の瞬きとして見えた程度である。

一瞬の後、壁ががらがらと崩れ、そこにいたはずの唯貴の姿がない。氷桜は瓦礫の山と化した場所を見つめていたが、突如飛び退る。

一つ閃光が走り、今度は氷桜の背後の壁が瓦礫と化す。

氷桜は飛び退り、壁の外へ身を転じる。恐らく、双方、今の場所では分が悪いと判断したのだろう。これ以上の戦いをその場で行えば、菫子を巻き込む危険も高くなる。唯貴もそう判断した様子である。唯貴は消えた氷桜を追い、二人の姿は外へ消えた。

二人が消えていく様を、菫子は呆けた表情で見つめていた。息をする事すら忘れていたのか、二人が消えた瞬間に大きく息をした。

ふと気が付けば、薔子だった女——指輪が隣で溜息をついている。

「素敵な殿方二人が争うなんて。罪な女ねえ、菫子ちゃん」

「と、菫子ちゃん……とは」

今までそんな呼び方をされたことはない。

確かに大凶異と称される付喪神からすれば、自分はまだ赤子のようなものであろうが、どうにも馴染まぬ呼称である。どうやらこの女も氷桜とは違う意味で調子を崩す相手であるらしい。

指輪は二人が消えた方向を見つめつつ、仕方ないわねとのんびり呟いている。戦いに手出しをする様子は微塵もない。少なくとも自分を人質にとったり害したりする意図はないように見える。そんな事を考えながら指輪を見つめていると、まるで心を読んだかのように女はころころと笑う。

「だって、そんな事したら面白くないし、王子様に逆さに吊るされちゃうわ」

どこまでも楽しげな女に、菫子は呆れるばかり。この女には愉快犯めいたところがある。楽しいかどうかも女にとっては重要な要素であるらしい。唯貴と氷桜の戦いに手出ししないのもそれ故か。

楽しいどころではない菫子は、二人が消えた壁の穴へ向き直る。館の壁に開いた穴からは庭園への道が見えた。剣戟の音が流れ込む夜の外気にのり、微かに聞こえてくる。

行かねばと菫子は心の中で呟いた。同時に、行ってどうするの、あの二人を止められるのと問いかける自分がいる。

俯いていた菫子は顔を上げる。その瞳に宿るのは決意の光。

(……それでも、行かないわけにはいかない!)

「……行ってくる」

沙夜の亡骸にそう呟き、菫子は瓦礫に向かう。

着物のまま瓦礫を乗り越えるのは骨の折れる作業であった。白い腕を瓦礫でひっかき足を打ち付け、傷を作りながらも菫子はやがて瓦礫を乗り越える。

耳を澄まし刀の音が遠く聞こえる方角へ――庭園へ駆け出す。

庭園には激しく斬り結ぶ男二人の姿。数多の花が見届け人の如く咲き誇る中、剣閃が絶える事はなく、走る閃光と衝撃、そして破砕音。

氷桜の刀の光が増し、唯貴の刀もまた燐光を纏っている。二人が操るのは刀だけではなかった。双方手にした刀に異能をのせて戦っていた。

そう、唯貴も異能を。唯貴の刀を包む燐光は、氷桜に少なからぬ手傷を与えている。

(あれは、もしかして……)

菫子は思わず目を見張った。あの光には覚えがある。一度自分の内より湧き上がった力ではないだろうか。

「凶きものを、滅する、力……?」

茫然とする菫子の脳裏に、過日の氷桜の言葉が蘇る。

『……お前の凶きものを滅する力が及ぶのは、凶異に限った話ではない。……それだけだ』

そう、菫子の中に眠る力は凶異ならざるあやかしをも傷つけるという。菫子と唯貴が同じ血を持つ兄妹ならば、同じ力を持っていても不思議はない。

けれども、この力を己の意思では使いこなせぬ菫子に比べ、唯貴は随分と手慣れて見える。刀祇宮の家督を継ぐ者だからだろうか。それでも。

「素質あるなって思ったから、ちょっと使い方を教えてあげたの。私の力も与えてあげたしね」

指輪が再び隣に並び、にこりと笑った。菫子は女を凝視する。女は菫子を面白そうに見つめた。

「宝の持ち腐れって勿体ないじゃない。お父さんが早くに亡くなって、きちんと教えられる人がいなかったみたい。だから私が教えてあげたの。そうしたらめきめきと強くなっちゃって。教え方が良かったのかしらね」

先代の刀祇宮――二人の父は唯貴が物心つく前に亡くなられたと聞いている。異能を御する技が相伝のものであれば、唯貴がそれを正しく教わる機会はなかったに違いない。

童子は愕然とした。この女は大凶異と呼ばれる存在だ。なのに、凶きものを滅する力の指導をするなど最高の皮肉でしかない。

男二人の静かで激しい戦いは続く。

燐光を帯びる唯貴と、雷のような光を纏う刀で戦う氷桜。

唯貴が地を蹴って氷桜に肉薄し首元を狙って斬りあげ、それを受け流した氷桜は相手の胴を目掛けて刃を突き出す。唯貴が刀の向きを変え刃で受け止めると、再び鍔迫り合いが始まる。

両者は一進一退、押し押され押されては押し。それは果てなく続くかに思われた。

永劫に続くかと思われた斬りあいも僅かに唯貴が押されているように見え始めた。

隣にいた女も同じように感じたらしく溜息交じりに呟く。

「ああ、やっぱり石華七煌の最強と言われているだけあるわ……。王子様、ちょっと分が悪そう……」

規格外に強い力を持つ石華七煌と呼ばれる付喪神のうち、氷桜は最強とされ殊更強い力を持つ。大妖とされるものすら、氷桜の動向を注視するという。禍つ付喪神の力を以てしても、差を埋めるのは容易ではないらしい。唯貴の表情にも、徐々に焦りが表れた。

「仕方ないわねえ。……後で嫌な顔をするでしょうけど、あれを使いましょう」

――ぱちん。

女が軽やかに指を鳴らした。けれど何も起こらなかった。

怪訝に思った時、背筋を何か不快なものが撫でる。目に見えぬ場所で何者かが目覚めた。起きてはならぬものが起きてしまったと感じた。そして、それは近づいている。

一体何をしたのかと女に問おうとした。でも出来なかった。

その何かが菫子の髪を揺らし、菫子の横を尋常ではない速度で通り過ぎたからだ。

「え？」

菫子には、最初それが何か、いや誰なのか信じられなかった。

あり得ない、自分は先程確認したのだ。彼女が確かに事切れているのを。喪失を確かめ、どうしてと問い続けたのに。

(どうして？　どうして……そこにいるの……？)

茫然とする菫子の視界が再び赤に染まる。

宙空に舞う紅の飛沫。立ち尽くす菫子の前に広がる光景はあまりに信じ難い。

菫子の眼差しの先で、死んだはずの沙夜が氷桜の腹を貫いていた。

第十三章　真実は収束する

「さ、沙夜……？」

（どうして、どうして沙夜が……？）

沙夜は確かに事切れていた。流れ行く紅は喪失を確信させ、鼓動は止まっていた。

呼べども揺さぶれども鼓動は聞こえず、命の灯も視る事は出来なかった。起きてくれ
応えてくれとどれだけ願っても叶わなかった。

（それなのに、何故……？）

「……貴様……！」

「ひ、氷桜……！」

氷桜が沙夜の姿を認めて叫ぶのと、菫子が悲鳴を上げるのは同時だった。

氷桜の腹を貫いた右手を沙夜が無造作に引き抜く。再び赫の飛沫が宙を舞い、咽返(むせかえ)

るような命の流れの臭気が漂う。

血にまみれた沙夜の手は、何時も菫子に触れてくれた優しい手ではなかった。閉じ
込めた虹が弾けるような光彩を持つ、不可思議な玉石による鋭い先端と化しているで

はないか。

（あれは、あの輝きは氷桜の、懐剣の刃と同じ……！）

上衣を緋に染めながら、氷桜は片膝をつく。刀を支えにして倒れ込むのは避けたものの、傷が浅からぬ事は容易に察せられた。

氷桜に駆けよろうとした菫子の足が止まる。身の内が焼かれるように痛い。じわじわと身体の内を蝕む、今までも何度か感じた事のある痛み。

けれど今はそれよりも目の前の光景から目が離せない。今は自分よりも氷桜、そして沙夜だ。虚ろな光を瞳に宿して佇む沙夜を見て、唯貴は溜息をついた。

「なんだ、死んでなかったのか。あれだけ刺したのに仕損じたのかな」

首を傾げて見せる唯貴に、指輪は苦笑いしながら答える。

「人間としての肉体は死んでいたわ、でも本体は……『涙石』は無事だったから。詰めが甘くてよ？」

耳慣れぬ単語に菫子は柳眉を寄せる。

しかし、聞いた覚えが全くない訳ではなかった。そう、あの白と黒の不可思議な夢の中、朧げな感覚に揺蕩いながら聞いた。

唯貴は菫子を見遣り、苦笑して説明を始める。

「刀祇宮家は、かつてそこの男とその仲間――石華七煌となった『七支刀』を奉じてきた。同時に、それに宿る付喪神も奉じていたんだ。七支刀の付喪神は宮家に加護を与え、共に凶きものを滅してきた」

刀を奉じし血、氷桜が刀祇宮の血筋をそう言っていた。刀祇宮家の成り立ちは相当古いと聞いている。その由来となるのが七支刀であるらしい。

（……知って、いる……）

初めて聞く事実であるはずだ。でも、菫子は知っているのだ。あの七つの刃を持つ不可思議な玉石から成る刀の、優しい付喪神の事を。そして、その行く末を。

「……いつしか付喪神は蝕まれ始めた。そして付喪神は先々代の刀祇宮に凶きものに変わる前に自分を殺すように望んだ」

黒い澱に蝕まれた女性は刻々と凶きものに変質していった。あの女性は、貴方達を殺してしまう前に殺してくれと己の死を願っていた。相手を大事に思うが故の哀しい願いは葛藤の末、叶えられた。

「付喪神は殺された。……七支刀の存在と引き換えにね」

付喪神の最期の微笑と先々代の刀祇宮の——祖父の慟哭。砕けて七つの欠片と一つの玉に転じた刀の姿。

その時の事を菫子は知っている。見ただけではない、魂の内に刻まれている。

「その付喪神は最後に涙を一つ落としたの。それは付喪神の魂が宿る結晶になった……私、それを拾ったのよ」

指輪はにこやかな微笑みを湛えながら、昔日を思い出すように話す。

そう、付喪神は涙を一つ遺した。それが石と化したのだ。

そして、外套の女がした事を思い出す。外套の女の正体に、菫子はもう気づいていた。僅かな疑念を込めて見つめる先で、笑う女は続ける。

「その結晶『涙石』をね、涯雲に指輪に加工させたの。それはもう素晴らしいものが出来上がったわ。生まれながらに付喪神となるほどに」

微かな笑いを含んだ声音は上機嫌と言えた。けれども。

「でも涯雲は……私と涙石の指輪に目がくらんだその娘の父親に殺されてしまった」

また女の口調が僅かに低くなったように感じる。

低く暗い『何か』がその言葉に滲んだような気がしてならない。女が心の奥底に抱える何かがふわりと浮き上がった。

しかし、次の瞬間、女は微笑みながら大仰に肩を竦めた。菫子はまたもあの白と黒の夢の情景を思い出す。

涙の雫型の石を嵌め込んだ指輪から黒い澱が噴き出した光景。それを見た作務衣姿の男——涯雲の行動。あの夢の中では分からなかった謎が、解けていく。

「涯雲の血を吸った涙石は、そりゃあ素敵な凶きもの……私と同じ大凶異になる……

はずだったの。なのに、涯雲が最期の力で涙石を眠らせてしまったのよ」

涯雲は澱が消えたのを見て安堵したように『ゆるせ』と紡ぎながら事切れた。あれは誰に言ったのだろう。

「仕方ないから暫く宝石商のところで大人しくしていたけど、丁度よい時が……。宝石商の妻が宿している赤子が死産になると気づいたから、これはと思って、眠っている涙石と同化させたの」

指輪の言が正しいのであれば、沙夜の父の下にあった頃は悪さをせずに過ごしていたようだ。思うところがあったのか、はたまた唯の気まぐれか。いずれにせよそれは一時の事であったらしい。時が巡り、指輪は行動を起こした。

白と黒の夢はただの夢ではなかったのだ。確かにあった過去の情景。菫子は意識を現から離している間、過去を視ていたのである。

「赤子は無事に産声をあげて生まれたけど、涙石は沈黙したまま。器をあげたら眠りから覚めるかと思ったのに」

女の思惑は外れて、沙夜は大凶異として目覚める事はなく、人として生まれた。唯貴によって命を失い、女によって無理やり起こされるまで。

やれやれと肩を竦めた後、指輪は首を傾げ問いかけた。

「最近、菫子ちゃん、調子が悪かったでしょう？　……色々、目覚めた沙夜ちゃんとは対照的に」

　ぎくりと菫子は身を強張らせる。確かに菫子はある時期から床に伏し夢と現を行き来する日々を送っていた。身の内から焼かれるような痛みを感じ、床に倒れた覚えもある。

　そしてその痛みは、今も感じている。そういえばその頃からだったろうか。あれほど氷桜に怯えていた沙夜が、毅然と振る舞うようになったのは。

　女が言わんとする事を察して、冷たい汗が伝う。絶句する菫子とは裏腹に、女は面白そうに種明かしをする。

「だって当然よ。祀っていた神を手にかけたのよ？　何もないわけないじゃない。呪われているのよ、刀祇宮の血筋は」

　付喪神を倒した際に、先々代に罪人の戒めのように絡みついた黒光り。

（あれが、呪いの証……）

　先の刀祇宮は若くして亡くなられた。だから唯貴は幼くしてその跡を継ぐ事になったのだ。病とされていたが、呪い故であったのか。

「付喪神の魂が存在する限り……魂を宿す涙石がある限り、刀祇宮の人間は短命の呪いを背負うの。だからね、沙夜ちゃんを殺さないと菫子ちゃん早死にしちゃうのよ」

　嘘だと菫子は叫びたかった。涙石が――沙夜がいる限り、自分は生きられないなど。

大事な沙夜と自分の命が並び立たないなど、戯言であると言ってやりたかった。けれど出来ない。

(何で言えないの、嘘だって……!)

自らを叱咤するけれど、菫子の唇から言の葉は終ぞ紡がれない。内なる痛みは女の言葉を肯定するように菫子を苛む。

「……だから、その懐剣さんは『涙石』を探していたのよね。菫子ちゃんを死なせないために。沙夜ちゃんだってわかって悔しかったでしょう? だって、殺したら菫子ちゃんが悲しむもの」

女の言葉を聞いて、菫子は弾かれたように氷桜を見た。氷桜は呪いの事を知っていたのか。

氷桜が浮かべるのは苦悶の表情である。その中に苛立たしげな色が混じって見えるのは恐らく気のせいではない。

氷桜は気づいていたのだ、沙夜が涙石だと。だが氷桜は菫子の心を守るために、沙夜を殺さなかった。沙夜を殺せば悲しむであろう菫子を慮って。

出会った頃の氷桜であれば、きっと迷わず沙夜を殺していたであろう。己の事より、菫子の事を考えてくれたのだと気づいて、菫子の目頭が熱くなった。

しかし、菫子の表情は聞こえた言葉に凍り付く。

「そろそろ始末するかと思ってたけど、もう少し働いてもらおうか」

不意に唯貴が呟いたのだ。

「もう少し働いて……？」

(そんな言い方、まるで……まるで、沙夜が今まで唯貴様のために……)

沙夜の主は菫子である、唯貴ではない。疑問を表す菫子を見て、唯貴は謎解きの答えを明かすように告げた。

「屋敷の皆を殺したのも。……君の弟と珂祥夫人を殺したのも、沙夜だよ」

沙夜が今宵の惨劇をなした。宴の夜に弟を惨殺したのも、あの夜に母を殺害したのも沙夜であると唯貴は言う。女性が成し得るとは思えない事も確かに今の彼女の姿を見れば可能であると思わざるを得ない。

(でも……！)

「命じたのは貴方でしょう……！」

「あら。流石にばれていたみたいね」

指輪はあららと言い肯定した。

当たり前だ、沙夜には理由がない。そして今の沙夜の様子を見れば、沙夜の意思などないのは明らかだ。沙夜は恐らく操られていたのだろう。意識のないままに人を殺めていたなど、優しい沙夜にはあまりに酷な話だ。

「彼らは君を傷つけた。傷つけ続けた。それに珂祥夫人は真実を部分的にとは言え知る者だし、何より君を殺そうとした。だから許せなかった」

息をつくと、唯貴は笑みを消して刀の切っ先を氷桜へ向ける。

「……些か話し過ぎたね。まずは、そいつを消してしまおう」

唯貴と、指輪と……沙夜。三者の視線が氷桜へ向けられる。

何時もの明るい笑顔など欠片もない、うつろな瞳の沙夜。大切なねえやは右腕を氷桜の血で染めて無言のまま佇んでいる。

氷桜は腹部の傷から命の雫を流し続けている。沙夜の力が氷桜に対してどの程度の脅威であるかは分からないが、氷桜が優位には見えず、菫子は咄嗟に氷桜に駆け寄ろうとする。

「来るな！　……大丈夫だ」

鬼気迫る形相で菫子を制した氷桜は、刀を支えに立ち上がる。腹の傷に手を翳すと光が掌に集い、散じた時には赤の流れは止んでいた。けれども、既に流れた血は多く、負荷は大きい様子である。

「その場限りの処置で、何とかなればいいけどな」

「……ぬかせっ……！」

吠えるように叫んだ氷桜が地を蹴る。唯貴に肉薄するかと思えば、その間に割って入る人影が一つ。沙夜が不可思議な玉石の輝きを持つ手で、氷桜の一撃を難なく受け止めている。鍔迫り合いの音が響いて、沙夜がもう片方の腕を薙ぐ。

氷桜は今一歩のところで跳び退り、それをかわす。けれども胸に一本緋色の筋が出来る。沙夜の一撃は届いた様子だ。

後方へ退った氷桜に向けて唯貴が刀に集め放った光は、鋭い光の槍と化して氷桜を貫かんと降り注ぐ。

氷桜が刀を一閃。生じた半円状の虹色の光は衝撃波となり降り注ぐ槍を砕く。激しい破砕音を立てて槍は欠片と化し消える。

その欠片の一つが氷桜の頬を切った次の瞬間、唯貴が氷桜に肉薄している。硬質な音がして、氷桜の刀が、喉元を狙う唯貴の一撃を受け止める。

刃と刃の擦りあう音がしたと思ったのも束の間、氷桜は大きく跳躍した。一瞬前まで氷桜がいた場所を沙夜が薙ぐ。

少し離れた場所に降り立った氷桜は片手で何かの印を結ぶ。すると光で紡がれた三羽の鷹の影が生じ、氷桜はその一羽を沙夜へ、残り二羽を唯貴へ放つ。沙夜は猛禽の爪から手で己を庇い、唯貴は刀で迎え撃つ。

氷桜は刀を構え直して沙夜へ向かおうとし、一瞬の逡巡の後唯貴に向き直った。一羽斬り伏せた直後の唯貴の首元を狙って左下から切り上げる。

唯貴は光弾を編み出して残る一羽を離れたところへ弾くと、すんでのところで後ろに飛び退る。氷桜の刀は空を虚しく切り裂く。

菫子はどれだけ戦えぬ自身を恨めしく思っても、身を守る術すら持たない。出来る事は見守る事だけで、それが酷く悔しかった。

見る事しかしていないのはもう一人。指輪もまた二人と一人の戦いを見守るのみだった。

傍観者を決め込んでいる女の面には実に楽しげな笑みが浮かぶ。この状況を心から楽しんでいる。今のところ戦いに介入する様子はない。

突然、何かを砕くような激しい音と土煙が起こった。菫子は慌ててそちらに視線を向ける。何者かが動く気配がして、氷桜が刀を振り上げる姿が見えた。けれどもそれは、光の鷹をやり過ごした沙夜に阻まれる。

沙夜を見る氷桜の灰の双眸に逡巡(しゅんじゅん)の光が宿った瞬間。

——唯貴の刀が氷桜の腹を薙いだ。

血飛沫が上がり、後方へ弾き飛ばされた氷桜の姿を見て、菫子は叫ぶ。

「……それに気を取られすぎたね。さっさとそちらを始末すれば無様な姿を晒さずに済んだのに」

唯貴は沙夜を眼差しで示し嘲笑う。氷桜が沙夜を倒すのを躊躇していたのは何故か。

分かり切った事ではないか。

（わたしの大事なねえやを、殺すまいと……！）

菫子にとって沙夜が大事な存在であると考えるから、氷桜は沙夜を斬るのを躊躇した。人として死んで、今は人ならざる者として立っていようが、目の前の相手が菫子の大切な存在である事は変わらない。そう思えばこそ、氷桜は沙夜を斬れなかったのだ。

菫子は刀を支えにして起き上がり、再び片膝をつく氷桜を見つめた。その瞳には雫が滲んでいた。

（ああ、あなたって男は、本当に……！）

出来る事がないと思っている場合ではない。本当に自分に出来る事は何一つないのか。氷桜のこころに報いる術はないのか。

考えろと己を叱咤し、そうして一つある可能性に思い至る。

あやかしにも作用する力を操る唯貴。その唯貴と菫子は双子なのだ。同じ血を持っているのならば。

（わたしにも、出来るはず……！）

あの力を使う事が己にも出来るのではないか。一縷の望みである。

今の菫子の瞳には紅い残滓が、沙夜に纏（まと）わりついている様がはっきりと映っている。

恐らくあれこそ指輪が沙夜を操るために施している力だ。あの指輪の戒めを解けば、沙夜を取り戻す事は叶うのではないか。

そう思った瞬間、菫子は沙夜に向かって全力で走った。

「沙夜を返して……っ！」

渾身の力で叫びながら、菫子は沙夜の懐に飛び込む。内から何かが湧き上がってくる。それは止めどなく溢れ、懐かしくて温かい光が徐々に広がっていく。

不意を打たれ茫然と立ち尽くす沙夜を、菫子は力一杯抱きしめた。そして、菫子の帯びた光が沙夜に触れた瞬間、光の柱が立ち上がり強い輝きを放ったのだった。

（ああ、お嬢様はどこだろう）

沙夜の意識は追憶の中にあった。

結婚前の行儀見習いのために奉公に来た伯爵家で、沙夜に与えられた仕事は一番上のお嬢様付の仕事だった。

お名前は菫子様。日本人形のようにうつくしいお嬢様である。大人しくてお行儀が良いし、我儘を言う事もないため不思議なほど手がかからない。それに、子供らしからぬ諦観の空気を纏っている。

そのお嬢様のお姿が先程から見えない。必死で捜して屋敷の中を走っていた。もう夕餉の時刻だというのに、旦那様も奥様も、他の皆もお嬢様の姿が見えない事を気にしない。心配すら誰もしない。

あちこち捜して、沙夜は庭園へ足を踏み入れる。空が茜に染まり既に一番星が輝き始めているのに、お嬢様の姿は見つからない。

途方に暮れ庭園を歩いていた時、沙夜は小さな声を聞きつけた。それは、小さな小さな――泣き声。

『菫子様!?　こちらですか？』

がさがさと茂みをかき分けて進むと、その先にお嬢様の姿はあった。木の根元、きれいな闇色の瞳を紅くしてすすり泣く少女の姿があった。沙夜は安堵し膝をついて少女に語りかける。

『捜しておりましたよ？　もう夕餉の時間です、参りましょう』

『……いかない、だって皆いやがるもの』

小さな菫子は頭を左右に振る。どうしたのだろう、何時もは聞き分けの良いお嬢様なのにと沙夜は不思議に思う。少女は沙夜に背を向けるように座り込む。

『そんな事ございません。怒られるのがお嫌でしたら、沙夜がついておりますから』

『どうせ、あなたもすぐにいなくなってしまうのでしょう？』

遅れた事を怒られるのを恐れているのかと思い宥めると、返ってきたのは意外な言葉だった。菫子は背を向けたまま涙声で続ける。

『わたしは、不幸を呼ぶもの。だから皆いなくなるの』

ああ、と沙夜は嘆息する。お嬢様付になった時、皆に同情されたが、何故かはすぐ分かった。噂話が大好きな女中や下男がその理由を嫌というほど教えてくれたのだ。

少女に纏わる出来事を面白おかしく語るその姿に、沙夜は怒りを覚えた。皆で寄ってたかってこんな少女に何て仕打ちをするのだと。

背を向けたままの少女をしっかり見つめ心を込めて言葉を紡ぐ。

『沙夜は、いなくなりません。菫子様がお許しくださる限りずっとお傍に居ります。離れたり致しません』

『……ほんとうに？』

ゆっくりと振り返った少女は、目いっぱいに大粒の涙を湛えて縋るように沙夜を見た。おずおずと手を差し出しかけて躊躇ったように止める。

沙夜は微笑んで頷き、その手をしっかりと握って再び心を込めて話す。

『本当でございます。約束いたします、沙夜は菫子様のお傍にずっとおります』

菫子は弾かれたように抱きついて大声で泣く。その手は絶対に離さないでくれというように沙夜の服を握りしめていた。

愛おしい小さな温もりに沙夜は誓ったのだ。このお嬢様にずっとお仕えするのだと。

(ああ、泣かないでくださいませ。沙夜がおりますから、ずっと、ずっとお傍に)

沙夜の目の前に靄が生じる。靄は緩やかに晴れ、目の前の存在の輪郭を現していく。

それは、追憶の姿よりも成長した菫子の姿である。うつくしく成長した、沙夜の自慢のお嬢様の……

菫子が目に涙をいっぱいに溜めて沙夜を見つめていた。あの日と同じように沙夜を抱きしめながら。

第十四章　ある一つの終焉

「……菫子、様」

「沙夜！」

沙夜はまだ朧げではあるが、確かに菫子の名を紡いだ。緩く首を振る様子を見ると、まだ何があったのかはっきりしていない様子ではある。それでも、その顔には表情らしきものが戻っている。

菫子は試みが成功した事に安堵した。けれど、次の瞬間沙夜の表情が凍り付く。眼差しの先には、血に塗れ、不可思議な輝きを帯びて変質した硬い手がある。

「あ、わ、私……。旦那様を、皆さんを……ゆ、夢じゃない……？」

「違うの！　沙夜じゃない！　沙夜が悪いのではないの……！」

菫子はもう離さない、渡さないという強い意思を込めて、沙夜を力一杯抱きしめる。

震え慄く沙夜を落ち着かせ、菫子は唯貴と指輪へ毅然とした眼差しを向ける。

指輪は寄り添う二人の姿を見て、大仰に肩を竦める。

「あら、どうしましょう、取り返されちゃった」

「まあいいよ、どうせ今日始末するつもりだったから。じゃないと僕も菫子も早死にしちゃうし」

「思わぬ伏兵だったわね」

戦力の一つである沙夜を取られたというのに、二人は動揺していない。菫子の行動は想定外であったようだが、痛手ではないらしい。

唯貴は刀の切っ先を、膝を付き荒い息をする氷桜へ向ける。

「とりあえずは、その男だよ。そいつさえ殺せば後は何とでもなる」

唯貴の声音はその場に似合わないほど穏やかである。対して氷桜は、唇の端から一筋の緋を伝わせながら表情を歪めた。

唯貴が一歩踏み出そうとした、その時。

「駄目、です」

「菫子」

菫子が先程守ってくれたのを返すように、氷桜を庇って立った。通さないと言うように白い両腕を広げる。その様子を見た唯貴は、深く戸惑いの滲む溜息をつく。

「そこをどいておくれ。君を狙うその男を殺さなければいけない」

幼子を諭すように言う唯貴に菫子は激しく首を左右に振る。子供のようにそれだけは嫌だと訴え激しく首を振る。そして震える声を絞り出した。

「お願いです。氷桜を、殺さないで」

「その男は君の不遇を作り出した元凶じゃないか。何故庇うんだい」

氷桜は人の道理が通じず、菫子が諦観と共に生きる原因を作った。『不幸の菫子さま』と呼ばれるに至った理由を作った。

氷桜が憎かった。自分を、孤独の淵に落としたこの男が憎かった。それでも。

大粒の涙が一つ二つと地面へ落ちていく。

「おねがい、ころさないで……っ！」

上手く紡げたか分からない。息をする事すら忘れていたのに気づいたのは叫んだ後だ。

この男を失いたくない。何故かは分からない。言葉に出来ない。これは同情なのか、いや、そうではない。氷桜を思えば胸が詰まるほど痛い。

一人でありながら、一人を厭うていた男。己の心に戸惑いながら感情を手探りし、菫子を愛した男。愛される事を願いながら諦めてきた菫子と氷桜は似ていた。

（ああ、……そうだったのね）

この胸の痛みは、――愛しさなのだ。何時の間にか己のこころは、この美しいあやかしに攫われていたのだと菫子は気づいた。

「菫子、君は……」

菫子の様子を見て、唯貴は目を見開いた。その涙が意味するところを理解して言葉を失う。これほど感情を露わにする菫子を見た事がなかった。

菫子は何時も自分を抑え多くを諦めてきた。だが今、何も抑える事なく願いを口にしている。他ならぬ、あの男のために。

「そうか。……そうなんだね」

濃い諦観の色を宿した唯貴は、静かに刀を下ろした。深い溜息をひとつ。長い沈黙の後、唯貴は苦笑と共に告げる。

「それなら、僕を殺すしかないよ。僕はその男と同じ天を戴く事は出来ないのだから」

そう言って唯貴は何かを菫子に投げて寄越す。それが、刀祇宮家の家紋が刻まれた短刀だと認識した瞬間、思わず取り落とし金属音が響く。

「こら、落としちゃ駄目だ。これをこうして、ほら、握って」

「嫌、です。嫌です、唯貴様」

唯貴は静かに菫子に歩み寄る。短刀を抜き放つと、教え諭すような口調で菫子に握らせる。

菫子は首を振り続ける。何かに縛られたように身動きが出来ない。逃げ出せない。指輪は黙って眺めている。「邪魔をするな」とでも言うように、低く呻きながらも唯貴を睨めつける氷桜と、蒼褪め震えながらも菫子を心配そうに見つめる沙夜を牽制している。氷桜達が動いた瞬間、指輪の攻撃が彼らを襲うだろう。

「狙うのは、ここだ」

唯貴は自分の胸の真ん中を右手で示す。彼の表情は不気味なほど静かで、僅かに笑みを浮かべていた。

菫子は手の震えが止まらず、短刀を離す事が出来ない。必死で嫌だと首を横に振る。殺したくない、殺せない、殺せるはずなんかない。大切な存在なのだ、唯貴もまた、自分にとっては、大切な、大切な……心に灯りをくれた憧れの人。

それは衝撃に心が揺れ、血の繋がりという事実を知った今も動かせない事実なのだ。

「仕方ないな。まあ、それでこそ菫子なんだけど」

唯貴は菫子の白い両手を掌で包んだ。苦笑しながら、もういいよと言うように優しく叩く。

そうして菫子が安堵した、次の瞬間だった。

笑顔のまま、唯貴は勢いをつけて菫子の手の向きを変え、己に向けて引いたのだ。

菫子の手に、刃が人の身体を貫く感触が伝わる。

「なん、で……？」

「本当に、君は……愛しくて、残酷だ」

唯貴が菫子の手に握らせた刃は唯貴の胸を貫いていた。見る間に上着に紅い染みが広がっていく。菫子の手もまた紅に染まっていた。唯貴の命の喪失の紅に。

目を見張り唇をわななかせる菫子を穏やかな眼差しで見つめ、唯貴は満足そうに言葉を紡ぐ。

「たとえ、現世で、結ばれる事……叶わなくても」

兄妹であると、それも双子の兄妹と知った時、それが真実だと悟った時。彼は恨んだ、憎んだ、世界の全てを。自分達を、血を分けたものとして、世に生み出した何もかもを。

「……これで、僕は、君の心に……永遠に留まる」

唯貴と菫子の同じ黒の眼差しがぶつかる。菫子を見つめる瞳に宿る光は優しかった。流れ落ちる緋が、途切れ途切れの言葉が喪失の予感を確信に変えていく。

「僕は、君の中の、永遠に消えない傷に、なる」

彼は菫子の心がどこにあるかに気づいてしまった。氷桜を殺しても殺さなくても、彼女はもう決して自分のものにはならないであろう事を知ってしまった。

得られるものは二つだけ。殺せば終生彼女の憎しみを。殺さねば終生彼女を奪われた悔しさを。

彼女の愛は自分には戻ってこないと知ってしまったから、彼女の中に消えぬ傷として残る道を彼は選んだ。

ただ、幸せにしたかったのだ。幸せになりたかったのだ、二人で。自分達の形は歪んでしまったけど、彼女が浮かべる心からの笑顔を見たかったのだ……願っていた事は、本当の望みはそれだけだった……

「そして、これで『僕』は……『君』になる」

唯貴が血を吐き、鮮やかな紅が菫子の白い頬に飛ぶ。彼の指は静かにそれを拭い、菫子の頬に手を添える。

唯貴を淡い光が包んでいる。その光は徐々に徐々に菫子を包んでいく。菫子を包む光が強くなるほど、唯貴の光の輪郭は薄くなっていく。唯貴は指輪を振り返り微笑んだ。

「今まで、感謝するよ……指輪さん」

「こちらもよ。今までありがとう、そして素敵な結末をありがとう」

指輪が艶やかな笑みを浮かべて深く優雅な礼をする。

菫子は唯貴が光となっていく様を茫然と見つめている。それしか出来ないのだ。言葉を、何か言葉をと思っているのに、菫子は何も言えない、紡げない。闇色の瞳に宿る雫はもはや留まる事を知らず、白磁に筋を残しては大地へ吸い込まれる。

「どうか……僕を覚えていて。憎しみと……共にでもいい」

菫子の頬に次々と流れる雫を唯貴は静かに拭う。口の端から流れる紅が、命が失われていくのを伝える。

唯貴はかすれた声で、それでもはっきりと伝えた。最期にその顔に心からの微笑みを湛えて、心からの言葉を紡いだ。

「……君を愛せて、幸せ、だった」

それが末期の言葉となった。

眩い閃光が周囲を覆い、菫子は目を閉じた。再び目を開けた時、菫子の前には誰の姿もなかった。菫子の手には血に塗れた短刀だけ。それだけが今あった出来事が事実である事を示していた。

刀祇宮唯貴は亡骸すら遺さずにこの世から消え去っていた。

菫子の胸には、浮かぶように一つの玉が存在していた。虹色の焔を閉じ込めたような不可思議な光彩の小指の先ほどの玉。それはあの日、先の刀祇宮妃が——母が飲み込んだ七支刀の核石。

二人で一つの核石は、片割れの喪失と共に完全なものになったのである。

同時に、その石の出現は菫子の人間としての生との決別を意味していた。菫子は、今人ならざる者としての目覚めを迎えたのである。

「どうして、唯貴様、……おにいさま」

最後まで憎ませてくれればきっと楽だった。憎しみだけでその名を呼べたなら楽だった。それなのに最期に彼が残した笑みは、菫子の心に温かさをくれたあの優しい笑顔だった。

二人が兄妹でなければ、このような終わりにはならなかったのかもしれない。けれど唯貴が唯貴であり、菫子が菫子でなければ二人は出会う事もなかった。

残酷で我儘な一つの愛の終焉。それは彼の望み通り、菫子の内に消えぬ傷として刻まれたのである。

「ああ、やっぱりこうなったわね」

唯貴が消えた場所を見つめながら、指輪が感慨深げに溜息をつく。少年のあり方を見て来た者から、この結末は予想出来ていたとでも言いたげだった。

それを聞いた瞬間、菫子の眼裏に火花が生じた。勢いのままに叫ぼうした。だが菫子は声にならぬ悲鳴と共に突如倒れる。

「菫子……っ！」

「菫子様っ！」

氷桜と沙夜が顔色を変えて走り寄る。氷桜が抱き上げた菫子は苦痛の表情を浮かべて悶え苦しむばかり。何か答えようにも、まるで身体の内側が焼かれるような痛みに息が出来ない。

（いたい、いたい、くるしい、つらい……っ！）

今までに感じた事のない痛みで到底耐えきれるものではない。菫子は氷桜の腕の中で悶えていた。

その様子を見ていた女が口を開く。

「ああ核石として……永き命の付喪神として目覚めちゃった分、短命の呪いとの相互作用で苦しいのね。……だから、その男も王子様も、原因の沙夜ちゃんを殺そうとしたのよね」

肩を竦める女の言葉から事実を読み取った沙夜は、蒼褪めた表情で呟いた。

「私が生きている限り、菫子様が……」

「そうそう」

場にそぐわぬ明るさで指輪はいとも容易く肯定する。それを渾身の力で睨みながら菫子は叫ぶ。

「私は！　ねえやを殺してまで、生きたいとは、思わない……！」

叫びに力を使い果たし、菫子は苦悶の呻きを零す。氷桜が先程傷を癒した光を菫子に翳すが苦痛は消えず、むしろ時を追うごとに悲痛な呻きは強くなるばかり。

それを見つめていた沙夜は何かを決意した様子だった。

「私は、菫子様に生きて頂きたいのです」

微笑む沙夜の瞳に静かで強い決意の光が宿る。沙夜は、鋭利な刃と化した己の手を首に当てた。

菫子が悲鳴と共に止めようとしたのも間に合わず、氷桜がその手に何か喚ぼうとしたのも間に合わなかった。

沙夜は静かに己の手を引く。

けれど、血飛沫は上がらない。

「ううん、駄目よ、それじゃ。それじゃあ面白くない」

沙夜の手は首を掻き切る事はなかった。刃と化した手で首を切ろうとしたのを止めたのは指輪だった。あの薔薇の指輪を嵌めた手で、沙夜の手を止めている。さほど力は籠ってないように見えるが、沙夜は少しも手を動かせない。

「は、離して！　私が死ななければ、菫子様が……！」

「そう、それは分かっていてよ？　でもね？　貴方のしようとしている方法じゃ面白味に欠けるの」

女の手が沙夜の頬を撫でる。その手は、やがて沙夜の喉元を辿り胸の中央へ至る。女が手を翳すと沙夜の胸にあるものが浮かび上がる。

それは、あの『涙石』の指輪だった。七支刀の付喪神の魂を封じた石を、涯雲が細工し生み出したもの。造り主の血を吸い、生まれながらに大凶異と化しかけたのを封じられ眠りについていた、今の沙夜の命の中枢であるもの。

その指輪を目にした女の紅い唇がにぃと弧を描いた。

「さあ、最後の一仕上げ。存分に踊り狂いなさいな、涙石！」

言うなり、女は己の歯でその白い指先を噛み切った。そして赤の雫を涙石へ落とす。

涙石が血を受けた瞬間、この世のものとは思えぬ悲鳴が沙夜の口からほとばしった。

沙夜の胸の涙石から黒い澱が吹きあがる。黒い澱は見る間に質量を増し沙夜を飲み込み、悲鳴が一際酷くなる。あの夢の付喪神のように、黒き澱に蝕まれた沙夜は異形の姿へ変わろうとしていた。

「沙夜っ！」

「これが貴方の本来の姿なの。これで心置きなく倒されるといいわ。その方がより悲劇的でしょう？」

嗤う女を菫子は睨みつけた。それだけで人を殺せるのではという程の激情を宿した眼差しで。言ってやりたい事はあれども、募る感情が強すぎて叫べない。菫子は唇を噛みしめる。

女は、悲鳴を上げながら異形に変わりゆく沙夜を見つめ満足げに頷く。そして、くるりと菫子と氷桜に向き直る。

「さて、いいところを見届けたし、私は失礼しようかしら」

菫子は女が何を言ったのか理解出来なかった。自らが招いた惨劇に満足して、悲劇だけを残して女はこの場を去ろうというのだ。

氷桜は光の刀の切っ先を女に向ける。

「逃がして貰えると、本気で思っているのか……？」

「逃がしてもらうわよ。というより貴方達はもうそれどころじゃなくってよ」

軽やかにそう言った女の背後から、黒い澱の触手が氷桜達に伸びる。菫子を抱えたままますんでのところでかわした氷桜は舌打ちする。

悔しいけれど女が言う通り。

黒き異形に変質しつつある沙夜から、もはや理性は感じられない。あるのは破壊を求める衝動だけ。もはや沙夜の姿形はどこにもない。それは、その場の敵――氷桜と菫子を破壊する事を求める暴走せし大凶異だった。

「遊びましょうって約束したから一緒に遊んであげたいけど。そろそろ引き上げの頃合いだから、ごめんなさいね？」

答え返す事なき異形へと、すまなさそうに『指輪』は詫びた。そして、二人へと改めて向き直る。

「それでは、今宵はこれにて失礼」

海を越え来た大凶異たる指輪の禍つ付喪神は、どのような公の場でも恥ずかしくない優雅な礼をとる。さながら芝居の幕が下りる前の口上のようで、女にとってはこの悲劇すら己が演出した舞台なのだと菫子は苦々しく思う。

「私は、悲哀と呪いの『フィオリトゥーラの指輪』」

異国の伯爵家の名を冠したその名は、悲哀と共に、呪いのように深く痛みを伴って菫子の裡に深く刻まれた。

「いずれ、またお目にかかる日があれば、どうぞよしなに」

それは確信であろうか、願望であろうか。

最後、顔を上げた女は艶やかな微笑を浮かべた。すると、竜巻かと思うほどの突風が吹く。風が止んだ時には、金色の髪に紅い瞳を持つ濃艶な女の姿は消え失せていた。

それは呆気ないほどの幕引き。涯雲を魅了せし異国の紅い災いは、様々な運命を織り込んだ悲劇を残し、姿を消したのである。

第十五章　最期の願い

その場には氷桜と菫子、そして本能のままに暴れんとする『沙夜だったもの』だけが残された。

菫子は、まだ沙夜と呼ぶ。沙夜落ち着いて、沙夜戻ってと切れ切れであっても悲痛な声で叫ぶ。

氷桜は再び光の鷹を喚び牽制する傍ら、菫子を離れた場所へ座らせ、告げた。

「……あれは……ああなってしまってはもう助からない」

その言葉を聞いて菫子は首を横に振る。信じたくない、沙夜がもう戻らないなど。あのやさしいねえやがもう戻ってきてくれないなど信じたくないと、弱弱しく拒絶する。

しかし、本当は分かっている、分かっているのだ。

氷桜は嘘偽りを口にするような男ではない。氷桜の顔に浮かぶ表情が、心の裡の深い苦悩を伝えてくる。だから、それはもう如何しようもない事実であると、理解はしているのだ。けれど、受け入れる事は出来ない。

「せめて殺めて天に送ってやる事。それだけが……救いだ」

凶異と化した数多のあやかしを倒し、天に還した男は淡々と呟いた。それは聞きようによっては冷酷極まりない言葉である。

でも菫子はもう知っている。この男がその言葉のうちにどれほどの苦悩を秘めているのか、異形を倒しながら何を思ってきたのか。氷桜が菫子のために今どれほど苦悩しているのか。何を思いながら言葉を口にしているのか。

不遜な態度に優しい心根を隠し持つ男が何を決意したのか、菫子はもう気づいている。だからこそ。

(それを、させたくない)

「私がやります」

氷桜の灰の双眸が見開かれる。菫子は痛みに耐えてよろめきながら立ち上がった。瞳には悲痛で強い決意の光が宿っている。この決意は、恐らくあの時、先々代の刀祇宮――祖父がしたのと同じものだ。祖父は己の半身のようにも思う大事な存在がこれ以上苦しまないように、その魂が安らかとなる事を願い、自分の手を赤く染める覚悟を決めたのだろう。

愛しい魂を明るい場所へ送るため、菫子は心を定めた。

「それだけが、沙夜を救う方法なら」

白磁を伝って、雫はもはや絶える事なく落ち続ける。それでもその闇色の瞳に宿るのは、氷桜の言葉を奪うほどの悲痛で揺るぎない決意である。

（これは、わたしがするべき事……）

見ている事しか出来ない、何も出来ないと悔いる時間を終わらせなければならない。答えはそこにある。

菫子は真っすぐに氷桜を見据えてはっきりと告げた。

「私が沙夜を殺します」

これ以上沙夜を苦しめる事も、氷桜を苦しめる事もしたくない。自分だけが手を汚さずに済む場所にいたくないのだ。

氷桜は菫子の闇色の瞳を見つめていたが、やがて意を決したという風に光の刀を差し出す。

「……此れを」

菫子は頷いて受け取る。

菫子が光の刀の核となっている懐剣を握った瞬間、辺りを灼くような眩い光が満ちた。光が消えた時、そこには懐剣を核にした光の刀ではなく、一振りの玉石の刀があった。懐剣の刀身と同じ不可思議の輝きを宿す刀。柄には菫子の本体の核石がある。

懐剣の変化に驚いていると、氷桜は灰色の双眸を何事かに思いを馳せるかのように伏せる。そして菫子を真正面から見据えた。

「……救ってやれ。他ならぬ、お前の手で……」

菫子はゆっくりと頷いた。

刀は不思議なほど菫子の手に馴染んだ。荒事に縁はなく、無論刃など握った事はなかったのに、菫子の手に馴染み少しの重さも感じない。まるで昔から手にしていたかのように構えるのに苦を感じない。

刀を手に、黒く変質してしまった沙夜へ向き直る。

（大事な、優しいねえや）

他の人間は不幸を恐れて長続きしなかった中、ねえやは変わらず傍に居続けてくれた。何時もお日様のように明るく、本当の姉や或いは母のように優しさをくれた。

それなのに、ずっと一緒にいるのだと……一緒にいたいのだと、我儘を言う事を恐れて遂に言えなかった。こんな形で別れを迎える事になるなんて、あの時は思いもよらなかった。何故伝えなかったのだろうと悔いるばかり。

今苦しんでいる彼女を楽にするために出来る事が命を奪う事だけなど、本当は認めたくない。それでも今自分に出来る事があるのなら。

（……わたしは、逃げたくない……！）

菫子の闇色の瞳が見据える沙夜であったものはついに光の鷹を打ち払い、菫子達に向かってきた。そして、どろりとした澱で出来た幾つもの触手を菫子へ繰り出してくる。

菫子に触手が当たるかと思いきや、触手は菫子を守るように生じる光の半円に阻まれた。氷桜が編み出した守りは、菫子を守った後自身を光の礫と化して次々と触手へ飛んで行く。礫が触手へ当たったならば、その触手はぼろぼろと砂の如く崩れ落ちた。

叫び声をあげるそれは菫子へ、次々と触手を繰り出す。

しかし、氷桜の顔に怪訝そうな表情が浮かぶ。触手は菫子を狙っているように見える。けれど、当たらないのだ……一つとして。氷桜が守っている事もあるが、それだけではない。触手の軌道がそもそも外れているのだ。菫子を避けるかのように攻撃は繰り出されていた。

――まるで、敢えて逸らしているように。

まさかと氷桜が灰の瞳を見開くその先で、菫子は確実に歩みを進めている。

――あれを殺さねば、お前が死ぬのだぞと何かが言う。

「いいのです」

沙夜は答える。何故、殺さねばならないのか。己が死ぬ事が何だと言うのだ。己の命より大事な人を殺してまで、何故生きねばならないのだと問うとその何かは微かに狼狽する。

「このままでは、沙夜は菫子様を殺してしまいます」

元より大事なあの方のために尽くそうと思ったこの生、大事なあの方のために捨てようと思ったこの命だ。今更何を惜しむのかと沙夜は微笑む。

これは己を喰らいつくそうというものに対する最期の抗い。己の運命を弄んだ全てへの、全身全霊を賭けた意趣返し。

何かは沙夜の大事な方を殺そうとするけれど、沙夜は残された力の全てで阻む。

笑みを浮かべる沙夜の顔には温かな光と強い決意の色がある。

――殺さねば滅ぶのだと、それで良いのかと何かは問いかける。

沙夜は揺るぎないこころを以て答える。

「それこそが、私の願いですから」

目前には虹の光彩を放つ刃が迫っていた。刃は何かごと、沙夜を貫こうと迫る。何かはそれを避けるようにと必死に叫んでいる。

菫子の握る刀が己が身を貫くのを、沙夜は微笑みすら浮かべて迎えたのだった。

菫子の刃は沙夜を貫く。

刃に焼かれるように黒い澱がぼろぼろと崩れ、暴れる触手は徐々に力を無くし地に落ちては塵となり消えていく。膨れ上がった黒い澱は、瓦礫のように小さくなり塵と化した。

澱が剥がれて消え、次第に沙夜のほっそりとした姿が戻って来る。けれど白い肌は何かに焼かれたように黒い痕を残し、ぽろぽろと剥がれては血を滲ませている。沙夜は胸の中央に浮かぶ指輪ごとの持つ刀に貫かれて、胸を紅に染めて微笑む。

「さよ……」

菫子は血が滲むほど唇を噛みしめて、闇色の目に涙を溜めている。泪の雫は既に溢れ、白磁を伝い次々と地に吸い込まれていく。

ああ、あの時のようだと沙夜は笑う。木の根元の草陰で泣いていた小さなお嬢様。どこへも行かぬという己に縋るように見せた泣き顔。

あの約束を違えてしまう事だけは心残りである。許して欲しいけれど、もう時間がない事を沙夜は悟っていた。だから一番大切な事を伝えたい。沙夜は切れ切れに言葉を紡いだ。

「沙夜は、菫子様が、大好きです。沙夜の、大事な、たった一人のお嬢様」

菫子の頬を伝う雫はもはや留まる事を知らない。泣かせてしまったと悔やみ、唇から紅い筋を零しながら沙夜は必死に伝える。その身を光の粒子に変えながらも、話し続ける。

「だから、どうか、幸せになってください」

沙夜の双眸は最期の瞬間まで菫子を映していたいと、悲痛な面持ちの菫子を映し続ける。

二人の最後の別れの時を氷桜は見つめ続ける。遣り切れぬ、そんな光を灰色の双眸に宿しながら。

沙夜の輪郭がどんどん光と化して淡くなってゆく。菫子は首を必死に横に振りながら沙夜を見つめる。沙夜はそんな菫子へと微笑み、残された最後の力を振り絞って最期の言葉を紡ぐ。

「菫子様、どうか……生きてください」

その瞬間。沙夜の全身に巡った光は眩いほどの光になり弾けた。

光が消えると、きらきらと虹の如き塵が舞っている。刀が貫いていたはずの沙夜の姿は影も形もない。

煌めく塵をかき集めて閉じ込めたら、翔り去ろうとする沙夜を繋ぎとめる事が叶うのではないかと手を伸ばすけれど、その手もやがて力なく落ちた。

現実は動かせない。それはその手で支えるにはあまりにも重い。

沙夜がいない、そう沙夜は消えてしまったのだと菫子が理解するまで時間が必要だった。それを理解する事を拒否していたのだ。

それでも、そこにあるのは残酷なまでの現実なのだ。

「……沙夜……っ！」

きらきらと煌めく虹の輝きを残して、菫子を慈しんでくれた優しいねえやは、この世界から消えたのである。

菫子の慟哭が夜空を切り裂いた。

風が幾度か渡り、巡り、過ぎ行く中。

小夜嵐に、盛りを迎える宵庭の花々が花弁を震わせ、緑なす木々が身をしならせる。

凍り付きそうな白月の下に、二つの人影がある。

危うく冴え凍る刀の煌めきを思わせる美貌の男と、繊細な陶磁器の人形に通じる儚さを持つ美しい少女。

男は灰色の髪が風に靡くのを気にも留めず、少女をその灰の瞳で捉えている。

少女は風に艶やかな黒色の髪を遊ばせ、茫洋とした新月の闇の如き瞳には何も映していない。

影すら地に刻むような月明りに照らし出され、二つの影は相対する。一つの言の葉も唇に乗せる事なく、差し向かう二人の間を幾度かまた風が渡る。

宵庭を彩る零れんばかりの花々が香しい薫りを風にのせて送る中、一つだけ異質なものが存在した。

人の身体を巡る、命に繋がり脈打ち流れるもの。

――鉄錆びた、紅い、赤い、血の臭い。

命の輝きが失せた身体はもはや存在しないというのに、流れた名残として死に繋がる匂いならざる臭いが残る。それは、沈黙したままの二人に澱の如く纏わりついていた。

やがて、時の移ろいを示すかのように紅は黒へ至る。

両手から失われたものを、ただただ噛みしめる少女は言葉を紡ぐ事はない。男の表情は露ほども動かないように見える。彼は灰の双眸に少女の姿を映すだけで、少女に歩み寄らない。いや、出来ない。それは男の逡巡を示していた。

再び、風が渡る。

花が咲き誇る宵庭に、白々とした月の光が差し込む。眉月が、血の気が失せ青白くすらある少女の白磁の肌を照らす。その頬には涙が流れたと思しき幾筋かの跡があるけれど、今は伝う雫はなく乾いていた。

少女はただ黙って、鋭利な煌めきを放つ『それ』――不可思議な輝きを宿す刃を持つ、鍔（つば）のない刀を胸に抱いている。

少女の夜色の瞳は虚ろで、刀の放つ光を茫然と映していた。

やがて、男がゆるりと唇を開き、感情を読み取れないほど低い声音で、少女に問いかける。

「お前は、此れから如何（どう）したい？」

少女の望む先の話を。

問われて少女は闇色の双眸を向ける。その瞳に揺蕩う光はあまりに脆い。

少女は暫くして微笑した。

今にも消え失せてしまいそうな儚い、けれど確かな願いを静かに告げる。

「私を。……私を死なせてください」


少女――菫子は糸が切れたように、不可思議な光彩を放つ刃を抱え膝をついた。その闇色の瞳は虚ろな光を宿している。その声はあまりにも弱弱しい。

「沙夜が、沙夜が生きてって言ったの。だから、私は自分じゃ死ねないの。でも、もう生きていたくないの。だって、どうして、こんなに何も無くなってしまったのに、いなくなってしまったのに」

言葉を紡ぎ続ける菫子の瞳からは涸れたはずの涙が再び溢れる。瞳の焦点は定まらぬまま必死に菫子は訴える。菫子は望む——自分の死を、氷桜に。

泣き笑いの表情で菫子は訴える。ゆるゆると首を左右に振りながら、自分がもはや何を言っているのかも分からないのではという危うい様子のまま訴え続ける。

「どうして、私だけ生きなきゃいけないの……っ！」

空を切り裂くような鋭い、血を吐くような悲痛な叫びだった。

そう、無くなってしまったのに。菫子の大事なものが、こんなにも消えてしまったというのに。

菫子は失いすぎた。心を寄せる人も心寄せてくれた人も。関係は希薄でも身近にいた者達も。当たり前にそこにいてくれた者達、全てを。

「もう、嫌！　もうこれ以上、生きているのは、嫌！　嫌なの……っ！」

嗚咽しながら、菫子は何度も地を両の拳で叩く。何度も何度も。嫌だと叫びながら、幼子に戻ったかのように叩き続けた。願いを叶えてくれるまでは止めぬと言うように続けた。

白い手が赤くなり、擦り切れて血が滲んだ。それでも地面を叩こうとした時、その手を抑える者がいた。

氷桜である。

「その願いだけは、聞いてやるわけにはいかない」

菫子の手を押さえて氷桜は静かにそう言った。菫子の願いとは相反するが、氷桜にとっては譲れぬ事だ。菫子を失いたくない、それが戸惑いを経て自覚した灰色のあやかしの願い。

「俺は、何があってもお前を死なせないし殺させない。……何があっても絶対に生かす」

菫子にとっては残酷な言葉だった。氷桜は願いを叶えてくれぬという、決して叶えぬと。決して死なせないと——生きてくれと、不器用な男の言の葉は菫子の胸を締め付ける。

闇色の瞳が見つめる氷桜の唇から、短い五文字の言葉が紡がれる。こんな時にそのような事を言うとは卑怯だと、菫子は涙を流す。

氷桜の指が菫子の涙を拭い、頬に添う。ひんやりとしたあやかしの手を熱いと感じたのは裡に宿る熱のせいだろうか。

胸が痛い。氷桜の言葉はこんなにも響き、自分を満たし、苦しめる。それでも拒絶しきれないのだ。失い続け、無くなってしまったと思った自分に残った唯一のもの。変わらぬこころを向けてくれる灰のあやかし。

頬に添えられた手に、自ずと添える手。この手を離さないで欲しいと願ってしまった。けれども同時に望みを叶えぬと宣言する男が憎くてならない。

愛し愛されるという事は、こんなにも苦しいものだっただろうか。誰かを愛しむ心は、こんなに哀しいものだっただろうか。

（おかしな、わたし……）

心の天秤は揺れて止まるを知らず。死を望む理由と生を望む理由の狭間で苦しみながら、菫子は鬩（せめ）ぎあう心を言の葉として紡ぐ。

「一生、恨んでやる」

「……望むところだ」

男は不敵な笑みを浮かべた。

少女の闇色の瞳に浮かんでいたのは何の光であったのか。それを知るのは、ただ男のみ。

その夜、珂祥伯爵邸は炎に飲まれた。天にも届きそうな激しい激しい大火であった。

生存者は無し。珂祥伯爵始め、その子息令嬢達も、使用人達も皆犠牲になったという。そして、不運にも屋敷を訪れていた刀祇宮唯貴殿下もまた、命を落としたとされている。

屋敷は三日三晩燃え続けた。後に、何も残さぬとでもいうかのように。葬送の炎であるかのように……

終章　花は想う

「それで、二人は今どうしていますか」

処は、桧造りの建物の奥まった一室。その場には、二つの人影。一つは黒髪に巫女装束の女であり、もう一つは紅の髪に梅の意匠の櫛を挿した少女である。

問われた少女——緋梅は沈痛な面持ちで答える。

「……当分は。……少なくとも菫子さんが落ち着くまでは、あちらで暮らすって。……少しでも慣れた人の世で過ごさせてやりたいって」

「そうですね。氷桜が用意した屋敷はもともと人里から離れていますし。結界を敷けば人の訪いは避けられるでしょう」

黒髪の女は緋梅の答えを聞いて納得した風に頷く。眼鏡を直しながら、女は溜息交じりに続けた。

「こちらには人の世から使いが来ていましたよ。刀祇宮の御血筋をお返しくださいとね。返せと言われても困りますよねえ、物じゃあるまいし」

そう呟く女に、憮然とした面持ちの緋梅が同意する。

刀祇宮の御血筋――菫子はとても傷ついたのだ。それを勝手な理由で返せと言ってくる人の世――つまりは朝廷に緋梅は憤りを覚える。そもそも不吉だのなんだのと理由をつけて菫子の存在をなかった事にしたから、悲劇が起こったようなものなのに。

不貞腐れたように唇を噛みしめる少女を見て、黒髪の女は苦笑する。

「そもそも返したとて如何にするのか。生きていた事にして、真実を明らかにしても菫子嬢は女子」

女子は家督を継ぐ事は出来ない。故に約定の要であった彼の宮家は、最後の主の死を以て断絶となるのを逃れる事は叶わない。しかし、それを免れる抜け道がある事に二人は気づいていた。

「……どうせいいように使おうという腹でしょうね」

肩を大仰に竦める女の声音に含まれるのは辛口の皮肉だ。女も申し出られた内容を良く思っていないのは明白である。

自身に相続の権利がなくとも、菫子が刀祇宮家の姫である事には変わりない。適当な血筋の相手を当てがい菫子が男児を産めば、こじつけでも宮家を繋いでいく事は不可能ではない。あまりにも朝廷に都合の良い考えを思い浮かべて更に憮然とした緋梅に、にこりと笑い、女は楽しげに話し続ける。

「だから言ってやりました。氷桜から菫子嬢を取り上げたいなら自分達でおやりなさいと」

緋梅が目を丸くして祭主を見つめる。それはあまりにも難しい事である。緋梅とてそれをしろと言われたら全力で拒絶するだろう。

そんな少女を見つめながら、眼鏡の女は更に楽しそうに続ける。

「怒り狂って我を忘れた懐剣を相手にするのは私とて御免蒙るとね。そうしたら黙ったのでお帰り頂きました」

「祭主様ってば……」

お帰り頂いたの意を正しく理解した緋梅は引きつった笑いを浮かべる。この人は容赦ない物言いに絶句した相手を、文字通りこの神宮から放り出したのだろう……恐らく、物理的に。

祭主と呼ばれる黒髪の女が、自分達を、そして氷桜を大事に思ってくれている事を緋梅は良く知っていた。朝廷は彼女の逆鱗に触れてしまったというわけだ。

祭主は、緋梅に優しい眼差しを向け、ふと何かに気づいた。

「ああ、そういえば。もう懐剣ではないのでしたっけ」

「そうですね。……氷桜の奴、飾り鞘を造らせてご満悦でしたよ」

これから何と呼びましょう、あの二人を、と呟く女に少女は楽しげな笑いを返すばかりだった。

処は人里から離れた場所にある瀟洒な洋館。

その屋敷は神久月邸と呼ばれていた。けれど今は名もなき館。訪ねる者が無ければそれは必定。

その屋敷は人里から離れているだけではなく、結界によって人の訪いを遮断されて穏やかな静寂の内にある。

人の世にありながら、人の世の喧噪から隔絶されている。

名門伯爵家が大火災で全焼し、一家及びその使用人全てが亡くなり、訪っていた傍流の皇族も一人犠牲になったと人の世は大騒ぎであるらしい。それも全てその伯爵家の令嬢——不幸を呼ぶ事で有名であった令嬢が、此度の災いを呼んだのだと人々は語っているらしい。けれど、その令嬢自身も火事で亡くなったのであれば、もう災いはあるまいと……

それは、今やもう屋敷の住人達には関係のない話であった。一人歩きする噂は、好き勝手に姿を変えて広まり、やがて消えていくのだろう。

そう、もはや関係のない話……氷桜と菫子にとっては。

「これで、俺とお前は一蓮托生だ」

洋館の一室に響いたのは、氷桜の落ち着いた言葉だった。

飾り鞘に収まった刀を見ながら氷桜は呟く。いつか贈られた縁華石がはめ込まれた鞘には精緻な菫の細工が施され、刀の柄には菫子の本体である核石がある。

細工の見事さは、菫子も認めるしかない。

石華七煌を生み出した涯雲はとうに世にないはずだが、この飾り鞘の細工は懐剣のそれに勝るとも劣らぬ出来栄えである。細工をした者にその内会わせてやろうと言った氷桜は上機嫌に見えた。

氷桜の本体である懐剣は、核石を得て一振りの刀となった。同時に、菫子もまた核石を通してその刀の付喪神となったのである。

つまりは二人で一つの刀の付喪神、二人で一つの存在となったのだ——かつて、菫子と兄がそうであったように。兄が半身を遺して去ったと想えばと、菫子は苦笑した。

ある意味では、それ以上に結びつきの強い関係とも言える。一つの本体を共有する事になった以上、その命は確かに一蓮托生とも言えるのだ。

あの後、核石を分離する事も試みた。しかしながら、氷桜の同胞達の力を以てしても、その方法は結局見つからなかった。元々共にあった刀の破片と核なので、引き合っているのだろう、そう諦める他なかったのである。

口元に皮肉な笑みを浮かべて、氷桜は続けた。

「故に、死にたいと思うならば俺を殺せば叶うぞ？」

「……出来ると思ってないでしょう、それ」

思わず、男を見つめる眼差しが半眼となる。

菫子とてこの男を殺せない事などとうに分かっている。この男もまたそれを知っている。菫子の視界の端に縁華石の光が映った気がした。

この男に自分の死を望んだのは事実である。けれど今、それを持ち出されると、苦々しいというか悔しい。

「それなら、貴方以外に殺してくれる方を探すだけです」

半ば不貞腐れて、くるりと氷桜に背を向けて歩き出す……はずだった。

「……何をするんです」

菫子が呻くように声を上げる。小柄な菫子の身体はすっぽりと氷桜の腕の中に収まっていた。香にも似た男の匂いが鼻を擽る。

氷桜が背後から菫子を抱きしめていた。さほど力を入れていないように見える腕を、菫子はピクリとも動かせない。こころが戒めに囚われて抜け出せない。

触れあう熱が知らせる。……抜け出せないのではなく、抜け出さないのだと。

重なる鼓動がひとつに溶けてしまえば良いと思う。それはもはや刹那(せつな)の錯覚ではなかった。見ないふりをしても、確かな菫子のこころなのだ。

「死なせない。他の誰にも殺させない」

氷桜の低い声が背後から菫子の耳を擽る。残酷で我儘な独占欲を告げる氷桜に、菫子は黙ってその闇色の目を伏せる。

お前は俺のものだと、桜を好んで纏(まと)わせたがるあやかしの声音は告げていた。

愛は時として呪いと成り得る。

それを菫子は今痛いほど感じていた。呪いのように見えぬ戒めが菫子を搦めとる。

愛すればこそ、憎い。憎いけれど、愛しい。

表裏をなすその心は菫子にとっては哀しく苦しい。知らず知らずの内に、氷桜の手に乗せた手が熱を帯びた。

失い続けて、死を願った。自ら死ねない上に、殺してくれと願った相手は決して殺さぬと勝手に誓った。いつか不慮の死を迎えるか、はたまた相手が心変わりするのを待つか。それとも、相手の死を願いながら生きるか。どれを選んだとしても、浮草のように憂き世を漂いながら、死ねないから生きる、そんな日々を送る事になるのだと思っていた。

それでも沢山の想いを受けて、今自分はここにある。

長く共にあってくれた優しいねえやは、最期に『生きてください』と願った。幸せになってくれと願った沙夜との思い出は、消える事はない。胸に灯る一つ目の灯火。

憧れを以て心に灯をくれた兄は、愛を呪いにかえた今一人。どうか覚えていてと願った唯貴がくれた呪いにも似た愛は、胸に灯る二つ目の灯火。

大事なものを失って、隣に残ったのは灰色のあやかし。

自分とよく似た存在。想いも愛も今の自分にとっては苦い呪いだけれど、自分を真っすぐに見つめてくれる。一途に感情を手探りしながらも、自分を求めてくれる男は、胸に三つ目の灯火を灯す。

三つの灯火は優しく、或いはやや強引に、そして我儘なまでに菫子が愛されているのだと、愛に触れて生きているのだと伝えてくれる。

今、痛いほどそれを実感している。

かつて、諦めと共に生きていた。閉ざして、鎖して、決して開かぬようにと手を伸ばす事を諦め、初めから何もないのだと思っていた。

それでも一歩踏み出し、沢山の想いを受けて歩いてきた先に、手を伸ばして触れたのは灰のあやかしの優しい手。

辿り着いたのは、自分を優しく戒める温かい腕の中だった。相手の顔は見えないけれど、どんな表情を浮かべているのか、今では解る気がしている。

悪戯めいた声音と表情で、菫子は言の葉を紡ぐ。

「死なせないというなら、責任をもって幸せにしてくださいね？」

「無論、その心算だが」

冗談のつもりで言ったのに、返ってきたのは大真面目な言葉だった。

(え、それって、つまり……)

それでは、まるでと菫子は狼狽える。確かに仮初(かりそめ)の役柄で言い交わした仲だが、それはあくまで仮のものだった。とっさに言葉が出ず、早鐘を打つ鼓動が大きく響く。

「いえ、今の、な……」

「無し、とは言わせぬぞ?」

言の葉と同時に、菫子の項に落ちる唇。冷やりとした感触が、どうにも熱く感じてたまらない。熱が、全身を包むように広がっていく。

白磁の頬が耳まで赤くなっている。相手にも見えているのではなかろうか。

「心積もりが出来るまで待ってやるさ」

笑い含んだ優しい声に、言い返す事が出来ずに目を伏せる。慣れているからなと呟くあやかしの腕に、ひとつ息をついて頬を寄せる。

(それなら、わたしがあなたを)

幸せにしてやります。

心の裡で呟いたその言葉を、口に出して言える日が来るのは何時だろうか。

言えぬ代わりに、自分をとらえる優しい腕を力一杯抱き締めた。

もう待つのはおしまい。
――私は掴む、いつか訪れるその時を。
今は呪い、されど愛。呪いが愛として花咲く時、不幸の菫子さまはもういない。

呪われた運命を断ち切ったのは
優しく哀しい鬼でした

戦乱の世。領主の娘として生まれた睡蓮は、戦で瀕死の重傷を負った兄を助けるため、白蛇の嫁になると誓う。おかげで兄の命は助かったものの、睡蓮は異形の姿となってしまった。そんな睡蓮を家族は疎み、迫害する。唯一、睡蓮を変わらず可愛がっている兄は、彼女を心配して狼の妖を護衛につけてくれた。狼とひっそりと暮らす睡蓮だが、日照りが続いたある日、生贄に選ばれてしまう。兄と狼に説得されて逃げ出すが、次々と危険な目に遭い、その度に悲しい目をした狼鬼が現れ、彼女を助けてくれて……

定価：726円（10%税込み）　ISBN 978-4-434-31740-8

Illustration：白谷ゆう

美味しい父娘（ふたり）暮らし

店や勤め先を持たず、客先に出向き、求めに応じて食事を提供する流しの料理人・剣（けん）。その正体は、古い包丁があやかしとなった付喪神だった。ある日、剣は道端に倒れていた人間の少女を見つける。その子は痩せこけていて、名前や親について尋ねても、「知らない」と繰り返すのみ。何やら悲しい過去を持つ少女を放っておけず、剣は自分で育てることを決意する――あやかし父さんの美味しくて温かい料理が、少女の傷ついた心を解（ほど）いていく。ちょっぴり不思議な父娘の物語。

◉定価：726円（10%税込）　◉ISBN:978-4-434-31342-4　◉Illustration：新井テル子

かりそめ夫婦の
穏やかならざる新婚生活

両親を亡くしたばかりの小春は、ある日、迷い込んだ黒松の林で美しい狐の嫁入りを目撃する。ところが、人間の小春を見咎めた花嫁が怒りだし、突如破談になってしまった。慌てて逃げ帰った小春だけれど、そこには厄介な親戚と——狐の花婿がいて？　尾崎玄湖と名乗った男は、借金を盾に身売りを迫る親戚から助ける代わりに、三ヶ月だけ小春に玄湖の妻のフリをするよう提案してくるが……!?　妖だらけの不思議な屋敷で、かりそめ夫婦が紡ぎ合う優しくて切ない想いの行方とは——

定価：726円（10%税込）

イラスト：ごもさわ

可愛い子どもたち＆イケメン和装男子との
ほっこりドタバタ住み込み生活♪

会社が倒産し、寮を追い出された美空はとうとう貯蓄も底をつき、空腹のあまり公園で行き倒れてしまう。そこを助けてくれたのは、どこか浮世離れした着物姿の美丈夫・羅刹と四人の幼い子供たち。彼らに拾われて、ひょんなことから住み込みの家政婦生活が始まる。やんちゃな子供たちとのドタバタな毎日に悪戦苦闘しつつも、次第に彼らとの生活が心地よくなっていく美空。けれど実は彼らは人間ではなく、あやかしで…!?

定価：726円（10%税込み）　ISBN 978-4-434-31498-8

Illustration：鈴倉

あやかし
鬼嫁
婚姻譚
1 2
著・朧月あき
あやかし
和風・シンデレラ
ストーリー!
それでもお前を愛している
生贄の娘は、
鬼に愛され華ひらく
天涯孤独で養護施設で育った里穂(りほ)。ある日、名門・花菱(はなびし)家に養女
して引き取られるも、そこで待っていたのは、周囲の皆から虐めを
ける過酷な日々だった。そして十七歳の誕生日、里穂はあやかし
「生贄」となるよう養父から告げられる。だが、絶望する里穂に、迎
に来たあやかしは告げた。里穂は「生贄」ではなく、あやかしの帝の
「花嫁」になるのだと——
定価:726円(10%税込)
イラスト:セカイメグル

お家のために結婚した不器用な二人の
あやかし政略婚姻譚

一族の立て直しのためにと、本人の意思に関係なく嫁ぐことを決められていたミカサ。16歳になった彼女は、布で顔を隠した素顔も素性も分からない不思議な青年、祓い屋〈縁〉の八代目コゲツに嫁入りする。恋愛経験皆無なミカサと、家事一切をこなしてくれる旦那様との二人暮らしが始まった。珍しくコゲツが家を空けたとある夜、ミカサは人間とは思えない不審な何者かの訪問を受ける。それは応えてはいけない相手のようで……
16歳×27歳の年の差夫婦のどたばた(?)婚姻譚、開幕！

定価：726円（10%税込み）　ISBN 978-4-434-30476-7

イラスト：くにみ

この作品に対する皆様のご意見・ご感想をお待ちしております。

おハガキ・お手紙は以下の宛先にお送りください。

【宛先】

〒150-6008 東京都渋谷区恵比寿4-20-3 恵比寿ｶﾞｰﾃﾞﾝﾌﾟﾚｲｽﾀﾜｰ 8F
（株）アルファポリス　書籍感想係

メールフォームでのご意見・ご感想は右のＱＲコードから、
あるいは以下のワードで検索をかけてください。

ご感想はこちらから

アルファポリス文庫

大正石華恋蕾物語（たいしょうせっかこいつぼみものがたり）　贄の乙女は愛を知る（にえのおとめはあいをしる）

響 蒼華（ひびき あおか）

2023年４月25日初版発行

編　集ー境田 陽・森 順子
編集長ー倉持真理
発行者ー梶本雄介
発行所ー株式会社アルファポリス
〒150-6008 東京都渋谷区恵比寿4-20-3 恵比寿ｶﾞｰﾃﾞﾝﾌﾟﾚｲｽﾀﾜｰ8F
TEL 03-6277-1601（営業）　03-6277-1602（編集）
URL https://www.alphapolis.co.jp/
発売元ー株式会社星雲社（共同出版社・流通責任出版社）
〒112-0005 東京都文京区水道1-3-30
TEL 03-3868-3275
装丁イラストー七原しえ
装丁デザインー西村弘美
印刷ー中央精版印刷株式会社

価格はカバーに表示されてあります。
落丁乱丁の場合はアルファポリスまでご連絡ください。
送料は小社負担でお取り替えします。
©Aoka Hibiki 2023.Printed in Japan
ISBN978-4-434-31915-0 C0193